Wolfgang Stumph

Mit Karikaturen von
Manfred Bofinger

Wolfgang Stumphs

Herausgegeben von
Ingelore König

Henschel Verlag Berlin 1998

Mit freundlicher Unterstützung der

Die Deutsche Bibliothek – CIP-Einheitsaufnahme
Wolfgang Stumphs doppelter Salto / hrsg. von Ingelore König. -
1. Aufl. - Berlin: Henschel, 1998
ISBN 3-89487-295-0

© by Henschel Verlag Berlin in der Dornier Medienholding
1. Auflage
Umschlaggestaltung: Rex Verlagsproduktion, München
Gestaltung und Satz: Typografik & Design – Ingeburg Zoschke, Berlin
Lektorat: Jürgen Bretschneider
Druck: Wiener Verlag, Himberg
Printed in Austria
ISBN 3-89487-295-0

Gedruckt auf alterungsbeständigem Papier mit chlorfrei gebleichtem Zellstoff.
Die Verwertung der Texte und Bilder, auch auszugsweise, ist ohne Zustimmung
des Verlags urheberrechtswidrig und strafbar. Das gilt auch für Vervielfältigungen,
Übersetzungen, Mikroverfilmungen und für die Verarbeitung mit elektronischen Systemen.

Inhalt

Vorwarnung *von Wolfgang Stumph*	7
Wolfgang Stumph – wie er wirklich ist! *von Gunter Antrak*	10
Ein Stück Stumph *Wolfgang Stumph antwortet Karin Großmann*	15
Nah am Herzinfarkt *Auskünfte von Achim Wolff*	26
Deutsche Sitcom ... *von Axel Beyer*	30
Eine Sitcom – klar, was sonst? *von Inge Ristock*	32
Über Singapur nach Niederbörnicke *von Jens Weidemann*	34
Salto rückwärts *von Alfried Nehring*	42

Salto Postale

Das Beste aus dem Postamt Niederbörnicke – zum Nachlesen	51
Stankoweits heißer Draht	81
Niederbörnickes Postler in der Presse	103
Fanpost für Stumphs Stankoweit	118

Salto Kommunale

Das Neueste aus der Gemeindeverwaltung Niederbörnicke – zum Mitlesen	122
Anhang	180

Vorwarnung

von Wolfgang Stumph

Dieses Buch ist kein STUMPHsinniges Porträt, sondern ein Enthüllungswerk. Es soll bloßlegen, was Sie schon lange geahnt haben: Hinter Stumph & Stankoweit steht eine ganze Reihe anderer, ohne die beide nicht das geworden wären, was sie heute sind.

Dieser Satz könnte auch von Michael Schumacher, Norbert Blüm oder Harald Schmidt stammen. Nichts gegen Norbert Blüm, aber bleiben wir bei den erfolgreichen von den dreien: Schumacher und Schmidt kommen bei all ihren Talenten groß heraus, weil andere durch sie Arbeit haben – oder: Weil viele gut arbeiten, kann ein einzelner brillieren. Unterschiede gibt es freilich schon, und falls Sie jetzt meinem Schwung nicht folgen können – ich habe Sie anfangs gewarnt. Wenn bei Schumachers Radwechsel an der Box eine Schraube nicht fest angezogen wird, kann das zu einer Katastrophe führen. Wenn bei Harald Schmidts Redaktionsteam eine Schraube locker sitzt, führt das höchstens zu einem Polenwitz. Ergo: Man ist immer nur so gut, wie es die Mannschaften an den Boxen oder in den Schreibstuben sind.

Im Laufe der 24 Folgen »Salto Postale« wurden an den ZDF-Boxen die Unterhaltungschefs so rasch gewechselt wie die Reifen an Schumis Ferrari. Wolfgang Penk hat mich zum Sender geholt, Wolfgang Neumann gab den Anstoß für die Serie, Fred Kogel duldete sie, und Axel Beyer schließlich beförderte das Ganze sogar zum doppelten Salto – vom POSTALEN zum KOMMUNALEN.

1996 mußte das Postamt in Potsdam-Niederbörnicke dichtmachen. Stankoweit, Reschke und Mäßig wurden arbeitslos – noch vor dem Postminister. Auch der blieb auf der Strecke. Am letzten Dienstag hat er noch gewissenhaft die Post erledigt und ist dann – wahrscheinlich mit dem Lied »Hoch auf dem gelben Wagen ...« – zu seiner Briefmarkensammlung nach Hause gefahren. In seiner Abschiedsrede hat der Herr Bötsch stolz verkündet, er sei der einzige Minister in der Geschichte der Bundesregierung, dessen Dienststelle abgeschafft werde, weil die Arbeit getan sei. Ja, das ist wirklich beispielgebend, wird aber wohl einmalig bleiben.

Von den politischen Abstürzen zurück zu den komödiantischen Höhenflügen. 1993 hatten wir eine wirklich illustre Mannschaft zusammen: Schauspieler, die nie zuvor in einer Sitcom-Serie gespielt hatten, Autoren, die das Wort Sitcom kaum fehlerfrei schreiben konnten, ein Produktionsteam, das an Krimis und Sportreportagen geschult war, einen Redakteur, dessen größte Stärke im Optimismus lag ...

Wir liefen damals einfach los. Und was passierte? Auch auf die Gefahr hin, Sie zu enttäuschen – es passierte nichts Aufregendes. Es gab weder Morddrohungen noch Affären, weder Selbstmorde noch Verleumdungsklagen. Es gab nur Arbeit, Arbeit, Arbeit ...

Und dann gab es die Einschaltquoten! Sie waren so hoch, daß es den ZDF-Gewaltigen sehr lange die Sprache verschlug. Wir liefen unbeirrt weiter, vom Beifall der Zuschauer getragen und vom Murren mancher Kritiker begleitet. Und als wir am Ziel waren, hatten wir einen Postminister verschlissen, ein Postamt heruntergewirtschaftet, drei ZDF-Unterhaltungschefs verloren, zwei Regisseure eingebüßt, aber viel Erfahrung und noch mehr Zuschauerherzen gewonnen.

Logisch, daß Stankoweit und Reschke nicht arbeitslos geblieben sind. Sie haben einen neuen Job im Niederbörnicker Gemeindeamt gefunden – hoffentlich zum Glück für alle vor und hinter dem Fernsehapparat ...

Im übrigen: Die Berlinerin Inge Ristock hat mir schon 1974 Sätze in den Mund gelegt. Sätze, von denen Kabarettprofis geträumt haben, sie offen aussprechen zu dürfen. Mit dem Dresdner Gunter Antrak bewandere ich schon fast ein Vierteljahrhundert gemeinsam kabarettistische Wege. Seit sieben Jahren sind wir inzwischen auch auf der Bühne Partner, wo er einen Kerl neben sich ertragen muß, der immer alles besser machen will, als es vom Text her ohnehin schon ist. Und der Lübecker Jens Weidemann, der jüngste des Schreiber-Trios, reiste 1995 mit mir durch Singapur – für eine ZDF-Sendung, die Stolte sei Dank nie wiederholt wurde.

Außer meinen einfallsreichen Autoren bewundere ich nicht weniger den Regisseur Franz Josef Gottlieb, den Produzenten Alfried Nehring und den Redakteur Horst-Christian Tadey. Dafür, daß sie ein geradezu freundschaftliches Verhältnis zu mir entwickelt haben, obwohl ich in meiner sächsischen Art in allem »drinnerum määre« und alles »wie ä bissel anders« machen möchte. Auch sie hatte ich von allem Anfang an vor mir gewarnt.

Was für die Leute hinter den Kulissen gilt, gilt natürlich auch für jene auf der Bühne: Einen doppelten Salto ohne Netz und doppelten Boden – in der Höhenluft von Traumzuschauerquoten – schlägt man nicht allein. Da wirbeln exzellente Schauspieler mit mir gemeinsam durch die Dekoration, fangen sich auf und geben einander neuen Schwung.

Mein Dank gilt dem ganzen großen Team.

Wolfgang Stumph – wie er wirklich ist!

von Gunter Antrak

Der Autor dieser Zeilen darf von sich behaupten, derjenige zu sein, der mit Wolfgang Stumph die meiste Zeit zusammen ist und ihn folglich am allerbesten kennt. Ich weiß, was Sie jetzt tun! Sie gucken, wer den Artikel geschrieben hat und stellen mit einiger Verwunderung fest: ein Mann. Wolfgang Stumph ist also die meiste Zeit seines Lebens mit einem Mann zusammen. Ist Stumph etwa auch ...? Ich kann Sie beruhigen, Wolfgang Stumph ist verheiratet, mit einer richtigen Frau. Und wie jeder feststellen kann, sogar glücklich. Aber Wolfgang Stumph hat eben auch noch eine andere. Mit der ist er ebenfalls verheiratet und glücklich. Das ist die Arbeit. Er ist also mit seiner Frau und der Arbeit verheiratet, genauer gesagt, mit seiner Arbeit und seiner Frau. Und hier komme ich als Autor ins Spiel. Für die Uneingeweihten unter Ihnen: Ein Autor ist gewissermaßen der ursprüngliche Erzeuger der Arbeit oder, auf gut deutsch, der Vater der Arbeit. Da Wolfgang Stumph mit der Arbeit verheiratet ist, bin ich, der Autor, als Vater der Arbeit zwangsläufig sein Schwiegervater. Hätten Sie das vermutet? Jetzt werden Sie mir gewiß auch meine kühne Behauptung abnehmen, ich kenne Wolfgang Stumph und weiß, wie er wirklich ist.

Gestatten Sie, daß ich nun zu den Tatsachen im Leben Wolfgang Stumphs komme, die beweisen werden, wie wenig dieser verdient, ein Künstler genannt zu werden. Im voraus bitte ich um Verzeihung, daß ich nur die Wahrheit und nichts als die Wahrheit schreiben werde. So weh sie auch tun wird.

Wolfgang Stumph ist nach herkömmlichen Maßstäben ein Star. Er hat(te) – bis zum Erscheinen dieses Enthüllungsberichtes – viele Millionen Fans. Damit stellt sich sofort die allseits interessierende Frage: Wie hat er solches erreicht? Mit Kunst, mit Können? Nein, mit Werbung.

Gunter Antrak

Nicht mit Werbung für Waschmittel, Bohnenkaffee oder Schuhe. Sondern mit Werbung für sich! Denn mit ausgefeilter Strategie und nie erlahmendem Eifer hämmert er mit jeder Rolle, die er spielt, seine Werbebotschaft in die Köpfe der Zuschauer: So bin ich und nicht anders!! Immer und immer wieder. Und so lange, bis auch das letzte Opfer vor seinem Angriff kapituliert. Damit er auch die Begriffsstutzigeren unter seinen Zuschauern beziehungsweise unter seinen Werbekunden erreicht, läßt er alle seine Filmfiguren mit St wie Stumph beginnen (Struutz, Stankoweit, Stubbe). Leider unterstützt ihn das Fernsehen dabei nach Kräften. Allein sein erster Werbespot, »Go, Trabi, Go«, wurde bis zum heutigen Datum mehr als 50mal ausgestrahlt, und ein Ende ist nicht abzusehen. Ähnliches läßt sich für seine Postwerbung (»Salto Postale«) und alle anderen Aktivitäten anführen. Damit ist wohl auch für den letzten Bewunderer Stumphs dessen immer wiederkehrende Botschaft ad absurdum geführt, für Werbung nie und nimmer zur Verfügung zu stehen.

Daß Wolfgang Stumph kein Künstler sein kann, beweist auch eine weitere Tatsache: Im Kunstgenre ist es üblich, daß ein Mime, bevor er seine Rolle spielt, den Text lernt, und zwar mühsam und unter Qualen.

Tagelang ist so ein Mensch gereizt und unausstehlich, geradezu verzweifelt und dem Tode näher als dem Leben. Nicht so Wolfgang Stumph. Der Autor dieses Berichtes kann beweisen, daß jener zum Beispiel nicht eine einzige der 24 Folgen von »Salto Postale« wirklich gelernt hat. Abgesehen davon, daß er damit die Mißachtung gegenüber dem Text zum Ausdruck bringt, gibt er gleichsam zu, das Wesen der Schauspielkunst mißzuverstehen. Zu jeder Kunst gehört es zu leiden. Ein Mozart hat gelitten, ein Schiller hat gelitten. Wolfgang Stumph leidet nicht. Aber es leiden dafür alle anderen, die während einer Produktion mit ihm zu tun haben. Zuerst leidet der Autor, denn Wolfgang Stumph mischt sich gehörig in dessen Schöpfungsprozeß ein. Später leiden der Regisseur, der Kameramann, der Bühnenbildner etc. Zum Schluß leiden schließlich alle, vom Produktionsfahrer bis zur Chefetage der Produktionsfirma und des Senders. Unter dem durchsichtigen Vorwand, nur dem Erfolg der Produktion zu dienen, verfolgt er *seine* Pläne und Vorstellungen. Und leider auch seine Kollegen. Niemand und nichts ist vor ihm sicher. Er spürt jeden auf, an jedem Ort und zu jeder Zeit. Ist es ein Wunder, wenn jeder unter ihm leidet? Aber das ist das Wundersame, niemand gibt es zu. Im Gegenteil. Alle beteuern Wolfgang Stumph, wie beglückend die Zusammenarbeit ist und war, wie fruchtbar und gelöst die Atmosphäre, und wie angenehm es doch wäre, demnächst wieder ein gemeinsames Projekt zu starten. Denn so sind diese Künstler: falsch und verlogen, es mit der Ehrlichkeit und der Wahrheit nie genau nehmend. Sie sagen nicht, was sie denken und denken nicht, was sie sagen.

Und hier haben wir einen erneuten Beweis, wie wenig Wolfgang Stumph doch ein Künstler ist. Künstler zu sein heißt, launisch wie eine Diva zu sein, unausgeglichen und egozentrisch. Wolfgang Stumph muß auch hier aus der Reihe tanzen. Denn zeit seines Lebens konnte er nie die Mentalität eines Dampfkesselbauers ablegen, der er einmal war. Geradeheraus, zupackend, uneitel, bescheiden, so ist er bis heute geblieben. In über 30 Jahren, die seitdem vergangen sind, hat er sich trotz Ingenieurpädagogik-Studiums und Schauspielschule in dieser Hinsicht nicht ein bißchen weiterentwickelt. Als hoffnungsloser Fall hinkt er seitdem dem Lifestyle ständig hinterher. Er begreift erst, daß irgendeine neue Mode, ein neuer Geschmack *in* sind, wenn sie bereits *out* sind. Kann so ein Mensch die Widersprüchlichkeiten und Veränderungen der menschlichen Seele fühlen und dem Zuschauer widerspiegeln? Die Antwort erübrigt sich. Aus diesem Grunde hat er auch nie in die Abgründe des Lebens geblickt. Und ist somit hochgradig unfähig, wenigstens den kleinsten Skandal zu fabrizieren. Ein richtiger, ein wahrer Künstler besäuft sich zumindest regelmäßig, er verliebt sich pausenlos, um sich ebenso pausenlos scheiden zu lassen, er pinkelt anderen Kollegen per Medien an die Beine und, und, und ... Kurzum, ein wahrer Künstler beherrscht die Kunst, sich von anderen, also von Ihnen und von mir, abzuheben. So einer lebt nicht wirklich, er lebt allein durch die Medien. Was tut dagegen Wolfgang Stumph? Ich könnte Ihnen jetzt einen typischen Tag in seinem Leben minutiös beschreiben. Aber ich tue es nicht, denn Sie würden sofort vor Langeweile einschlafen oder sterben, und ich hätte die restlichen Zeilen umsonst geschrieben. Wenn Wolfgang Stumph schon nicht an sich denkt, warum denkt er nicht wenigstens an die Journalisten, die von Künstlern und ihren Eskapaden leben? Ich möchte hier mit aller Entschiedenheit feststellen: Wolfgang Stumph ist so herzlos, sogar Paparazzi arbeitslos zu machen. Oder sollen diese armen Menschen etwa davon Aufnahmen schießen, wie er sein Haus umbaut (er wäre ohnehin nicht von den richtigen Bauarbeitern zu unterscheiden), wie er mit seiner Familie einen Stadtbummel macht (er wäre ohnehin, von autogrammheischenden Fans umringt, nicht zu sehen), wie er Auto fährt (er wäre ohnehin zu schnell für jeden Schnappschuß), wie er im Hotelzimmer sitzt (er wäre ohnehin inmitten der Unordnung nicht auszumachen) ...? Bedauernswerte Fotografen!

Den gravierendsten Unterschied zum echten Mimen leistet sich Wolfgang Stumph jedoch auf der Bühne selbst. Theater ist bekanntlich gleichbedeutend mit den Brettern, die die Welt bedeuten. Nicht so für Wolfgang Stumph. Für ihn ist die Bühne identisch mit Brettern, die eine Meinung bedeuten. So verrückt kann nur Wolfgang Stumph sein: Er besitzt keinen Porsche und keine Rolex, aber er besitzt eine Meinung, eine Meinung zu dieser Welt, sprich zur Politik. Wenn er wenigstens die rechte Meinung hätte, aber nein, er hat natürlich die falsche Meinung, die linke. Denn er spielt Kabarett. Kabarett! Welcher ernstzunehmende Schauspieler spielt Kabarett? Entweder man ist Schauspieler und seriös, oder man ist Kabarettist und damit so etwas wie ein Hanswurst. Eine Verbindung gibt es nicht, es sei denn bei Wolfgang Stumph. Doch nicht genug damit, daß er Kabarett spielt, er tut's auch noch auf besonders heimtückische Art und Weise, indem er seine Meinung dem Publikum mit viel Humor serviert. Er tut das so raffiniert, daß er damit zwar beim Publikum ankommt, aber nie und nimmer bei richtigen Kritikern. Muß ich noch erwähnen, daß ein echter Mime das Publikum verachtet und nur für die Kritiker spielt? Wolfgang Stumph dagegen liebt sein Publikum. Für dieses zweifelhafte Vergnügen nimmt er sogar strapaziöse Autofahrten in Kauf, unbequeme Hotels und katastrophale Säle, dafür baut er selbst die Bühne auf und ab, schleppt er schwere Technik ... Und nach der Vorstellung setzt er sich sogar noch zu seinen Zuschauern, hört sich deren Sorgen, Geschichten und Witze an ... und geht irgendwann nachts ins Bett. Allein. Haben Sie schon mal einen langweiligeren Typ gesehen?

Ich hoffe, ich konnte Ihnen vermitteln, wie wenig Wolfgang Stumph doch ein echter Künstler ist, sondern ein Mensch wie du und ich. Also nichts Besonderes. Daß er dennoch ein beliebter Star geworden ist und nicht Sie oder ich, beweist wieder einmal: Im Leben geht es eben oft sehr ungerecht zu!

Ein Stück Stumph

Wolfgang Stumph antwortet Karin Großmann

Sie sagen gern, daß Sie stolz darauf sind, dem ZDF mit »Salto Postale« eine Satiresendung untergeschmuggelt zu haben. Welche Widerstände hatten Sie denn dabei zu überwinden?

Wir hatten die Aufgabe, eine eigene Comedy-Sendung zu entwickeln. Sie sollte humorvoll sein und sehr komödiantisch – von Provozierendürfen war jedenfalls nicht die Rede. Aber wenn man sich für eine solche Sendung den Stumph holt und seine Autoren Inge Ristock von der »Distel« und Gunter Antrak von der »Herkuleskeule«, dann muß man damit rechnen, daß man es mit Satire und Zeitgeist zu tun kriegt.

Und das ging glatt durch?

Die Redaktion hat uns nicht bevormundet. Es kam allerdings bei einzelnen Szenen die Frage, ob denn das die Zuschauer in den alten Bundesländern auch verstehen würden. Diese Frage kam auffällig oft bei brisanten politischen Themen. Aber als wir sowohl nach rechts als auch nach links austeilten und in die Mitte – das fällt einem in dieser Zeit ja nicht schwer –, da waren wir die Frager bald los.

Da wurde auch nichts herausgeschnitten?

Die Fernsehoberen wissen vermutlich, daß ich ein Partner bin, mit dem das nicht geht. Dafür bin ich viel zu geübt. Beim Fernsehen und beim Kabarett in der DDR habe ich gelernt, soviel kritisches Material anzubieten und soweit zu gehen im Text, daß man der Meinung eines Redakteurs auch mal etwas nachgeben kann – ohne den Gehalt zu beschädigen. Wer sich von vornherein in Selbstzensur beschränkt und grübelt, wie weit man vielleicht gehen können dürfte, der macht erst recht den Dummen.

Mit soviel Handlungsfreiheit haben Sie für Fernsehverhältnisse einen Sonderstatus.

Den habe ich der langsamen Entwicklung der Sendung »Salto Postale« zu verdanken. In den ersten sechs Folgen waren wir unsicher. Wir wußten noch nicht, wie es sich läuft auf diesem schmalen Grat zwischen Volkstheater und Kabarett. Mit der Zeit hielten wir die Balance besser, und wir hatten zunehmend Erfolg beim Publikum. Da wurden wir immer mutiger, immer satirischer, immer aktueller.

Und Sie haben nach allen Seiten ausgeteilt, wie Sie sagen. Rundumschläge tun in der Regel niemandem weh.

Die politische Landschaft in Deutschland ist halt so. Ich finde keinen Politiker, der meine uneingeschränkte Sympathie hätte. Wenn ich meinem Gefühl und meiner Herkunft nach auch eher zur SPD neige, so kann ich doch dort nicht alles gut finden. Im Gegenteil.

Ich meine, ein Kabarettist sollte von seiner Grundhaltung her links sein, sozial und ökologisch denken, aber er sollte sich nicht an eine Partei binden. Parteidisziplin kann leicht zu Eigenzensur führen.

Sie können mit einem solch verpönten Begriff wie »links« noch etwas anfangen?

Ja. Und ich habe auch nie ein Hehl daraus gemacht, daß das Kabarett mein linkes Standbein ist im wahrsten Sinne des Wortes. Bei den Parteien des anderen Spektrums finde ich wenig, was mit meinen Auffassungen überein geht. Natürlich gibt es dort Leute mit Ansichten, die mir sympathisch sind, Heiner Geisler etwa oder Kurt Biedenkopf. Und natürlich gibt es auf der linken Seite Politiker, die nur durch Gerede oder Dünkel auffallen.

Jeder, der Macht ausübt, braucht Menschen, die ihm kritisch den Spiegel vorhalten. Das gilt nicht bloß für Politiker. Das gilt auch für populäre Schauspieler. Ich habe mir deshalb einen Freundeskreis gesucht, der mir ehrlich sagt, wenn etwas im Programm nicht stimmt, wenn ich unter meinen künstlerischen Möglichkeiten geblieben bin. Irgendwas ist an Kritik immer dran.

Widerspricht das nicht Ihrer Arbeitsweise, überall mitreden und letztlich alles entscheiden zu wollen?

Bei den Gebieten, wovon ich am meisten verstehe, mag das so sein. Aber ich kann auch nachgeben. Wenn ich merke, daß ich die Arbeitsatmosphäre zerstöre mit einer Forderung, stecke ich lieber zurück. Ich toleriere es, daß sich am Ende der Kameramann oder der Regisseur durchsetzen muß. Doch wenn ich zum Beispiel überzeugt bin, daß es Mängel im Filmschnitt gibt – wir hatten eine solche Situation bei »Von Fall zu Fall« –, dann muß ich mich einmischen. Ich bin dann hart und fordernd. Bloß nicht dogmatisch, das ist mir als Sachsen ohnehin nicht gegeben. Ein Sachse kommt immer von hinten durch die Brust mit seinen Forderungen.

ZDF-Intendant Dieter Stolte hat gesagt, mit Ihnen könnte er sich sogar eine richtige Kabarettsendung im Fernsehen vorstellen. Gibt Ihnen das nicht zu denken?

Meistens hat das Fernsehen ja Angst vorm Kabarett. Deshalb kam ich arg ins Grübeln ob dieser Einladung. Ich habe gedacht: Müßte man die Chance nicht nutzen? Andererseits kenne ich die Erwartung des Publikums – die ist so groß, daß sie vom ZDF, vom Fernsehen überhaupt, nicht einzulösen ist. Wenn man nicht eine Instanz ist wie Dieter Hildebrandt, dann ist wohl die kleine Kabarettbühne der geeignetere Ort.

Reizt es Sie, eine solche Instanz zu werden?

Dann müßte man den Beruf genauso intensiv betreiben wie er und dürfte nicht zweigleisig fahren. Aber das möchte ich gern, mir ist meine rein künstlerische Arbeit für Filme wie »Von Fall zu Fall« oder »Hinterm Horizont« sehr wichtig. Dabei kann ich mich als gesamte Person einbringen, nicht nur als politisch-satirischer Kabarettist. Für diese Sparte sind andere ohnehin besser geeignet. Mir steht manchmal der Sachse im Weg, meine Mentalität. Ich habe dann das Gefühl, den Anspruch nicht zu erfüllen, den ich selber theoretisch und moralisch an das Kabarett stelle. Unsere Programme »ANTRAK auf STUMPHsinn« können sich nicht vergleichen mit dem, was die »Distel« zeigt oder Martin Buchholz. Wir gehören als kleiner Mosaikstein ins Gesamtbild, und das ist schon schön.

Wenn Sie das Kabarett heute vergleichen mit Ihren Erfahrungen aus der DDR – worin liegt der größte Unterschied?

Heute hat es mehr mit Unterhaltung und Selbstbefriedigung zu tun. Vielleicht ist das, was wir jetzt machen, Seelenwäsche für den Augenblick. Früher dachte man, man ist mutig. Man erreicht durch Anecken etwas. Man hat im Unterbewußtsein die Ahnung weggedrückt, ein bißchen Hofnarr zu sein, geduldet, um Luft abzulassen im geschlossenen Raum, im Kabarett eben. Man hat gedacht, man könnte die Gesellschaft ein wenig verändern, zumindest einen kleinen Teil dazu beitragen. Aber daß wir vielleicht Veränderungen verzögert haben, weil wir den Dampf rausgelassen haben, das weiß ich heute.

Geht der Reiz des Berufes verloren, wenn auf der Kabarettbühne alles sagbar wird?

Da ist was dran. Andererseits hat es schon wieder etwas Prickelndes, auf einer Festveranstaltung der CDU über Arbeitslosigkeit zu reden. Es macht mir Spaß, dort meine Moral unterzubringen und wider den Stachel zu löcken. Früher war es mutig, heute ist es Pflicht, einen kritikwürdigen Zustand auf die Bühne zu bringen. Bewirken tut es jetzt noch viel weniger.

Haben Sie ein Rezept gegen Resignation?

Daß meine Arbeit mir Spaß macht und ich meine Seele auskotzen kann, das ist schon sehr kraftspendend. Ich bin mit meiner Arbeit verflucht glücklich, bei allem Streß, und weiß das sehr zu genießen und zu hüten. Aber daß ich einen Zustand mit meiner Arbeit ändere, daran glaube ich nicht mehr. Das macht mich manchmal sehr resigniert. Ich kann jetzt sogar Verständnis finden für Aussteiger.

»Der Standort
Deutschland muß
wieder attraktiver
werden.«

Sicher auch für Kurt Tucholsky und seine Feststellung: »Ein Satiriker ist ein gekränkter Idealist«?

Jaja, Tucholsky hat recht. Die Ideale sind nicht erreichbar, Erhofftes trifft nicht ein, also meckert und nölt man.

Tabuthemen gibt es dabei offenbar nicht im Kabarett. Arbeitslosigkeit ist für Sie auch keines?

Es kommt auf die Umsetzung an. Auf alle Fälle kann ein Kabarettist an solchen Themen nicht vorbeigehen. Arbeitslosigkeit ist heute das größte Problem, nicht nur in Deutschland. Das darf also kein Tabuthema sein. Die Frage ist, ob man es lähmend und resignierend vermittelt oder Ursachen und Verantwortlichkeiten zeigt. Die Art, wie wir »ANTRAK auf STUMPHsinn« machen oder »Salto Kommunale«, die ist heiter und komödiantisch. Da liegt die Gefahr nahe, daß die Schärfe eines Problems eher zugedeckt wird.

Ist einem Publikum im Westen Deutschlands solche Art Kabarett näher?

Ich beobachte, daß manche Zuschauer zunächst verunsichert reagieren, wenn wir mit »ANTRAK auf STUMPHsinn« auftreten – sie haben offenbar kein politisches Kabarett erwartet. Und sie scheinen weniger trainiert zu sein auf eine zweite oder dritte Ebene, die unter den Texten liegt.

In Ihren Programmen, aber auch in der Fernsehreihe »Von Fall zu Fall« und in »Salto Kommunale« spielt der Ost-West-Konflikt immer weniger eine Rolle. Warum?

Das ist wie im Alltag. Die Gaunereien, die Finanzmanipulationen und Grundstücksdeals, die gibt es im Osten wie im Westen. Auch die Arbeitslosigkeit, auch Bettler, Rauschgift, Kindergangs. Man muß begreifen, daß es dabei um gesamtdeutsche, um europäische Probleme geht.

Der Erfolg solcher Kabarettisten wie Martin Buchholz oder Dieter Hildebrandt liegt unter anderem darin, daß sie ihre Texte selber schreiben. Haben Sie manchmal Lust, das auch zu tun?

Ich liefere für viele Texte die Idee, oft auch die Pointen, aber ich habe weder Kraft noch Zeit, das auszuformulieren. Dafür habe ich ein gutes Team. Wie ich schon in meiner Vorwarnung für dieses Buch gesagt habe: Mir geht es wie dem Formel-1-Fahrer, der ist ohne seine Mechaniker nichts. Er hat vom Lorbeer nur ein paar Blätter verdient. Auch Kabarett-Leute wie Harald Schmidt sind nichts ohne ihre Autoren. Sie reden allerdings kaum darüber.

Sie haben den Autorenstamm für »Salto Kommunale« erweitert um Jens Weidemann. Ist er Ihr Quotenwessi? Wie haben Sie ihn gefunden?

Ich bin mal in die Sendereihe »Manche mögen's weit« hineingeraten, und bei dieser Produktion traf ich Jens Weidemann. Wir wußten beide, daß wir Besseres können. Er hat für »Salto Postale« einen Teil geschrieben, der war ausgezeichnet. Deshalb habe ich ihn für »Salto Kommunale« wieder eingeladen. Ich finde es gut, daß neben Inge Ristock und Gunter Antrak ein junger Autor dabei ist, einer, der eine andere Sicht hat auf die aktuelle Situation in Deutschland, auch auf die deutsche Sitcom.

Zwischen der Aufzeichnung von »Salto Kommunale« und der Sendung selbst liegen nur wenige Tage. Warum machen Sie es nicht gleich live?

Das wäre mein Wunsch. Ich würde es mir auch zutrauen. Auch wenn das Risiko groß ist, daß technisch etwas schiefgehen kann. Ich weiß nur nicht, ob das Publikum die Anstrengung einer Live-Sendung besonders honorieren würde. Viele Zuschauer fühlen sich vom Fernsehen unterwandert und betrogen – von angeblichen Spontaninterviews in Talkshows, die in Wirklichkeit abgesprochen sind, von stürmischem Beifall, der in Wirklichkeit eingespielt wird ...

Ihr Publikum bei »Salto Kommunale« sieht man klatschen, man hat auch oft den Eindruck, daß Sie spontan reagieren. Wie lernen Sie eigentlich Ihre Texte?

Am liebsten in der Badewanne. Da kann mich nichts ablenken, kein Telefon und kein Fernseher. Ich darf bloß nicht an die Brause kommen.

Sie haben bei »Salto Postale« fiktive Telefon-Interviews mit Politikern geführt. Sehen Sie die Gefahr, daß dadurch Politik unzulässig personalisiert wird – was den Schluß zuließe, daß mit einem anderen Finanzminister alles besser würde?

Wenn man den Spaß nur aus der Parodie von Politikern, aus der Nennung von Namen zieht, dann ist die Gefahr da. Dann macht man sie ungerechterweise populär und salonfähig. Aber wenn man konkrete Zustände und Ursachen benennt, dann ist das etwas anderes. Es ist nicht mutig, sich über Ehescheidungen oder über Kochbücher von Politikern zu amüsieren. Das ist nur Koketterie. Und es ist billig, den Bauchumfang von Helmut Kohl zu verulken.

Gibt es für Sie eine Grenze in der Kritik?

Wenn man den Witz aus körperlichen Gebrechen holt. Es ist unfair, die Feder am Rollstuhl eines Behinderten zu wetzen – aber man muß sie wetzen an seinen Auffassungen.

Im ZDF sind Sie vom Postgaul auf den Amtsschimmel umgestiegen. Haben Sie so schlechte Erfahrungen mit der Bürokratie gemacht?

Ich habe die gleichen Erfahrungen wie viele andere Leute. Als ich in unserem Haus in Dresden eine Treppe einbauen wollte, habe ich einen Kostenvoranschlag machen lassen. So geht das ja jetzt. Mir gefiel das Modell dann doch nicht, und trotzdem kam eine Rechnung. Die habe ich bezahlen müssen, und den Rechtsanwalt außerdem. Der kam richtig mit Robe, es war wie in einem Hollywood-Film. Und der Richter meinte: Im Prinzip hätte ich recht, nur die Rechtslage wäre halt anders. Man bekommt kein Recht, sondern ein Urteil.

Können Sie Ihre Einkommenssteuererklärung selber ausfüllen?

Nee, nee, nee.

Haben Sie das Ausmaß von Bürokratie, das über die Niederbörnicker gekommen ist, geahnt?

Ich habe in der DDR gedacht, das Land würde kaputtgehen nicht nur an seinem wirtschaftlichen Zustand, sondern auch an seinem aufgeblähten Verwaltungsapparat. Und jetzt ist es viel schlimmer. Wenn man sich das so ansieht – man könnte es richtig mit der Angst kriegen ...

Sie haben in »Salto Kommunale« eine Frau als Vorgesetzte. Ergibt das für Sie eine zusätzliche Ebene des Konflikts?

Mit »Salto Kommunale« wollten wir aus dem beschränkten Themenkreis des Postamtes und aus der reinen Männerwirtschaft herauskommen. So kamen wir auf die Idee, die Probleme bei der kommunalen Verwaltung einer Kleinstadt anzusiedeln und eine Frau zur Vorgesetzten zu machen. Das erweitert unsere Möglichkeiten. So ein Bürgermeisteramt kann ein Brennglas sein fürs Ganze, für die Regierung, fürs Land.

Parkplatz? »Nee, ich komme mit dem Rad!«

Eine Frau ist da in führender Position allerdings die Ausnahme.

Aber es wäre doch zu direkt, wenn wir einen dicken Bürgermeister auf den Stuhl setzen würden. Nun wird's doppelgleisiger, vielleicht charmanter und komödiantischer. Angelika Milster ist sich durchaus der Gefahr bewußt, daß regierende Politikerinnen hierzulande nicht unbedingt sehr beliebt sind.

Könnten Sie sich im richtigen Leben einer Frau unterordnen?

Ich arbeite sehr gern mit Frauen zusammen.

Das war nicht die Frage.

Wenn es denn sein muß, dann ordne ich mich lieber einer Frau unter als einem Mann. Das hat einen anderen Boden, hat mit Höflichkeit und Charme zu tun. Bei einem Mann weiß ich: da kommt nur Macht. Frauen dienen der Sache, Männer sich selbst.

Ist Unterordnung nicht überhaupt ein Problem für Sie?

Ich tue aber immer so, als würde ich nachgeben können. Mangelnde Kompromißbereitschaft hat oft mit mangelnder Zeit zu tun. Man hat meistens zu wenig Zeit, um alles auszudiskutieren. Bestimmen geht schneller. Meine Kollegen im Kabarett, meine Frau, die haben es schon nicht leicht mit mir.

Haben Sie ein schlechtes Gewissen als Stumph oder als Kommissar Stubbe, daß Ihnen Ihre Frau den Rücken freihält?

Ich könnte mir die Intensität der Arbeit nicht leisten, wenn ich Verantwortung hätte für die Alltagsprobleme. Meine Rücksichtslosigkeit versuche ich wiedergutzumachen, indem ich meine Familie einbeziehe. Aber ich bin mir nicht sicher, ob sie immer einbezogen sein will. Vielleicht ist es manchmal auch nur belastend? Ich bin schon mitunter rücksichtslos, auch gegenüber Kollegen. Aber sie wissen, daß es mir immer um die Sache geht und daß der Erfolg einer Sendung oder eines Programms von ihnen mit abhängt.

Sie sind unerhört ehrgeizig?

Daß man Erfolg haben will, ist selbstverständlich. Wer nicht gewinnen will, soll zum 100-Meter-Lauf nicht antreten. Man will immer Erster sein. Und wenn man Dritter wird, muß man gucken, ob man das nicht in einem Team geworden ist, auf das man stolz sein kann.

Wie sieht Erfolg für Sie aus?

Daß mich einer auf der Straße anspricht als Stubbe oder Stankoweit. Daß so eine Figur steht. Daß man Dinge getan hat, die scheinbar Bestand haben für einige Zeit. Daß man sich nicht verplempert in kleinen Aufgaben.

Lehnen Sie auch deshalb Aufträge der Werbebranche ab?

Werbung ist wie Wahlversprechen: verlogen und manipuliert. Deshalb mache ich keine Werbung. Ich will von niemandem abhängig, ich will nicht käuflich sein. Ich will das, was ich im Fernsehen mache, auch als Kabarettist vertreten können.

Sie legen viel Wert darauf, erkennbar zu bleiben. Ihre Figuren beginnen fast alle mit »St«. Birgt das nicht auch die Gefahr, sich zu wiederholen?

Ist es eine Schande, ein Krug, ein Rühmann, ein Loriot oder ein Götz George zu sein? Was ich möchte, das ist, nicht nur ein Typ zu sein, nicht nur Liebling Kreuzberg, sondern Struutz, Stubbe, Stankoweit. Daß die Namen mit »St« beginnen, soll vor allem zeigen, daß ich diese Figuren ausgesucht, mit entwickelt und angenommen habe. Sie sind immer auch ein Stück Stumph.

Sie identifizieren sich in gewisser Weise mit diesen Figuren. Sie identifizieren sich auch mit dem Publikum, in den Kabarettprogrammen ist das zu spüren. Kann es sein, daß Sie mit Ihrer Lebenswirklichkeit dem Publikum früher näher waren als heute?

Kabarettisten waren auch in der DDR keine armen Schlucker. Aber die Unterschiede im Lebensstandard waren in der DDR in keinem Bereich übermäßig groß. Das ist jetzt anders. Selbst wenn ich nicht verdiene wie ein Hollywood-Star, spüre ich doch, daß da ein Unterschied ist, ein Unterschied an Lebenserfahrung. Ich kann 120 Minuten glaubhaft Kabarett spielen – bis zu jener Szene, in der ich behaupte, arbeitslos zu sein – da werde ich auf der Bühne plötzlich zur Kunstfigur. Es ist schwieriger, glaubwürdig zu sein, wenn es einem nicht so dreckig geht wie denen, für die man spielt. Ich kann mir vorstellen, wie sie sich fühlen. Weil ich Alltagstypen spiele, behandeln mich die Leute in der Kneipe eher wie einen Kumpel und erzählen mir ihre Geschichten. Aber es ist ein Unterschied zwischen Erzähltem und selbst Erlebtem und Erlittenem. Manchmal empfinde ich meinen Zustand schon als schizophren.

Nah am Herzinfarkt

Auskünfte von Achim Wolff

Als das Postamt dichtmachte und Sie arbeitslos wurden, hätten Sie da gedacht, in Ihrem Alter so rasch eine neue Anstellung zu finden?

Hoch auf dem gelben Wagen saß ich bei Stankoweit vorn ... Es ging in 24 Etappen hurtig und heiter bergan, immer aufwärts. Und als wir oben waren – aus. Da wurde er einfach angehalten, der lustige Postkutschkasten. Da steht man auf der Höhe, blickt hinab in die Tiefe und kriegt plötzlich Angst vor dem freien Fall. Und während der eine sagt, besser fallen als nicht mehr gefallen, denkt der andere, im Tale grünet Hoffnungsglück. Auf ein neues.

War es Zufall, daß Sie damals an die Seite Stankoweits gerieten, oder hatte Sie Wolfgang Stumph schon als Partner ins Auge gefaßt?

Stumph hatte seinen Rudi Reschke deutlich im Auge – und dann stand er Achim Wolff Aug' in Aug' gegenüber. Dieser kräftige 1,85 Meter-Mann, gepflegt, gekämmt, gebügelt, soll, will und muß nun der vom Leben und von den Vorgesetzten gebeutelte Reschke sein? Befremdliches Erstaunen blitzte auf ...

Stankoweit ist ja nicht nur ein großes Schlitzohr, sondern auch ein kleiner Tyrann. Was hat Sie so lange an seiner Seite aushalten lassen, nur der sichere Beamtenstatus?

»Bei dem Duett sind stets zu seh'n, zwei Mäuler welche offen steh'n.« (Wilhelm Busch) Ich durfte in unserem postalischen Duett mein »Maul« auch aufmachen, ob als Reschke oder als Wolff. Manchmal wurde es dann auch ein Duell – der Kampf ums heitere Dasein und um die besten

Rudi Reschke und seine Spathiphyllum kurz vorm Ende

Pointen. Aber Widersprüche sind gut für die Entwicklung, und so entwickelte sich eine schöne Partnerschaft: ein Kabarettist und ein Schauspieler beim gemeinsamen Salto.

Ist man nach 24 Folgen ein perfekt eingespieltes Team, alles nur noch Routine, oder gibt es noch Neues, Überraschendes am Partner zu entdecken?

Routine mit Stumph? Nee, das geht nicht. »Routieren« tut es! Immer wieder neu, und immer hellwach. Mit jeder Folge neue Fragen, neues Mißtrauen, neue Vorschläge, neue Bewährung, neue Ideen. Gottlob ist man aufeinander eingespielt, man kommt schneller auf den Punkt. Denn schließlich gilt: In den drei Tagen muß das »Ding« steh'n. Und es steht!

Läßt Stankoweit dem Reschke genügend Spielraum? Kann sich Achim Wolff in die Gestaltung seiner Rolle einbringen?

Die Worte klaut oder verdreht der Stankoweit dem Reschke schon mal nach Belieben, aber in die schauspielerische Sicht auf Figur und Situation mischt sich Stumph bei Wolff nicht ein.

Wird Reschke vom sächsischen Temperament seines Partners mitgerissen oder möchte er ihn gelegentlich etwas bremsen?

Der preußisch denkende und fühlende Reschke läßt sich vom sächsischen Schlitzohr Stankoweit mitreißen. Er fällt oft auf den schwejkschen Sachsen rein, aber profitiert am Ende sogar dadurch – dem Wolff geht es ähnlich. Ich bewundere an Wolfgang Stumph die gedankliche Schnelligkeit, den herrlichen Mutterwitz, die rhetorische Geschicklichkeit, mit brisanten Themen umzugehen, und die Gabe, auch zuhören zu können – selbst wenn ein Kollege mal etwas Kritisches sagt.

Es ist ja nicht so leicht, Gestik, Mimik und Sprache des devoten Beamten zu treffen und dann auch noch komisch zu verfremden. Reschke bewegt sich auf einem sehr schmalen Grat – wie bewahren Sie ihn vor dem Absturz?

Wenn man seine Figur gefunden hat, spielt sie sich auch fast allein. Sprache, Gestik und Mimik haben sich figürlich fixiert, und die Autoren liefern dementsprechend zu.
    Absturz? Eigentlich keine Gefahr, wenn der Reschke Mensch bleibt und nicht zur Karikatur, zur Parodie eines Menschen wird. Gefährlich wird es, wenn man komisch schlechthin sein will, wenn man Lacher um jeden Preis erzwingen möchte. Wir beide spielen nach der Devise: Bleib Mensch, Rudi!

Nah am Herzinfarkt, ist Reschkes Klageruf »immer ich, immer ich« ja auch aus dem Gemeindeamt zu vernehmen. Ein bißchen aufmüpfiger ist er aber wohl schon geworden – hat er endlich dazugelernt, wie es heute läuft?

Nee! Der Kerl wird alt wie 'ne Kuh und lernt *nimmer* dazu. Sein Leben verläuft wie im Kreisverkehr, er kommt immer wieder mit neuem Staunen an die gleiche Stelle und weiß wieder nicht weiter. Aus Erfahrung nichts gelernt und zu wenig Selbstvertrauen. Ein Mensch, mit dem man zu Zeiten des Wahlkampfes alles machen, dem man alles erzählen kann – er ist so leichtgläubig und so zeitgemäß.

Früher ein mäßiger Postamts-Chef, jetzt eine schikanierende Bürgermeisterin: Spielt das für Reschke eine Rolle?

Ob mäßige Schikanen oder schikanierende Mäßigkeit, ob Chef oder Chefin, ob Krawatte oder großer Ausschnitt – oben bleibt oben. Da bückt man sich und macht sich klein. Es kommt eben nicht alles Gute von oben, und einem Ängstlichen droht überall und immer Gefahr. So denkt Reschke. Wolff dagegen ist über die charmante frauliche Bereicherung im Spielensemble hocherfreut.

Als Stahnsdorfer leben Sie ja gewissermaßen in direkter Nachbarschaft von Niederbörnicke. Ist »Salto Kommunale« eine Realsatire?

Ohne Umschweife: Unsere Sitcom schaut der kommunalen Realität ziemlich genau aufs Maul.

Was macht Achim Wolff, wenn er nicht die Stempel schwingt und sich gegen Stankoweit zu behaupten sucht?

Er spielt Theater, derzeit im Theater am Kurfürstendamm als Philipp Klapproth in »Pension Schöller«. Oder er führt Regie im Hans-Otto-Theater Potsdam. Hier läuft momentan sehr erfolgreich das Musical für eine Schauspielerin »Heute Abend: Lola Blau«. Die Schauspielerin ist seine Frau und heißt Rita Feldmeier. Sie wird auch eine kleine Gastrolle in »Salto Kommunale« geben. Ansonsten gehört die Freizeit seiner Familie, seiner Frau, dem 17jährigen Sohn und der 9jährigen Tochter. Und falls was übrigbleibt, sind da noch: der Computer, die Videokamera, der Fotoapparat, der Garten und das Haus.

Heute abend hat Rudi Reschke seinen ersten Tag als ABM-Kraft im Gemeindeamt hinter sich gebracht. Was sagt Ihr Gefühl, wird der zweite Salto ein ähnlicher Erfolg wie der erste?

Probleme, Sorgen und politische Querelen sind geblieben, Sender und Sendezeit haben sich nicht verändert, das Studio ist das gleiche, wir sind die gleichen geblieben, wir haben dieselben Autoren, denselben Regisseur, dieselbe Jahreszeit – nun hoffen wir auf das gleiche große Interesse und 'ne schöne dicke Einschaltquote.

Deutsche Sitcom ...

von Axel Beyer

... geht das überhaupt?

Wir haben es uns im deutschen Fernsehen angewöhnt, zwei Dinge als unabänderlich zu betrachten: Erstens – der Deutsche hat keinen Humor, und zweitens – Comedy ist zu amerikanisch für den deutschen Markt. Doch dann kam Wolfgang Stumph und hat alle Vorurteile widerlegt. Außer dem einen: Der Sachse an sich ist komisch. Obwohl – so ganz stimmt auch das nicht. Denn nur mit großer Ernsthaftigkeit ist das schwierige Humorgeschäft zu betreiben. Wer Stumpi auf der Bühne mit seinen Kabarett-Kollegen erlebt hat, der weiß, wie schwer es ist, uns zum Lachen zu bringen.

... was ist das überhaupt?

Zweifellos hat es sich bei »Salto Postale« um ein solches Fabelwesen gehandelt. Die Macher haben dabei auf zwei Dinge vertraut: Erstens – auf die deutsche Schwanktradition und zweitens – auf die amerikanische Art der Kameraführung.

Kein abgefilmtes Volkstheater, sondern genau abgeschautes Knowhow der Fernsehbrüder jenseits des Großen Teiches, gepaart mit der besten Regieroutine von Franz Josef Gottlieb und der Bühnenerfahrung aller Beteiligten. Vielleicht also doch Volkstheater, weil es echte, volkstümliche Figuren darstellt und volksnahe Themen behandelt. Dem Volk aufs Maul geschaut, aber ihm nie nach dem Munde geredet.

»Was gucken Sie denn so? Noch nie ä Flugzeuggeschwader gesehen?«

... läuft so was überhaupt?

Und wie! Alle Sender haben zu frühen Zeitpunkten ihre Versuche gemacht und dabei mehr oder weniger heftige Bauchlandungen erleben müssen. Und sich wieder einmal – siehe oben – bestätigt gefühlt.

Der große Erfolg von »Salto Postale« hat alle überrascht und zugleich auch ermuntert. Seitdem sprießen sie wieder, die deutschen Humor-Pflänzchen, wir alle hegen und pflegen sie, und wir alle haben davon profitiert: Die Macher in der professionellen Auseinandersetzung, die Darsteller im lustvollen Ausleben ihrer komödiantischen Seiten – am allermeisten aber gewiß die Zuschauer, denen endlich wieder mehr davon geboten wird, wovon sie nie genug bekommen können: *Lachen!*

Eine Sitcom – klar, was sonst?

von Inge Ristock

Angefangen hat alles mit einer Hochstapelei. Es war kurz nach der Wende. Aufträge für uns Ostautoren waren knapp, denn wer von den Mediengewaltigen im Westen kannte uns schon? Aber Wolfgang Stumph kannte man, denn sein »Go, Trabi, Go« feierte gerade Erfolge. Also bot man ihm eine Serie an. Stumpi schlug Gunter Antrak und mich als Autoren vor, denn zu DDR-Zeiten hatte er manchen Kabarett-Text von uns gespielt. So trafen wir uns alle zu einem Gespräch, beschnupperten uns, und schließlich wurden wir gefragt, ob wir bereit seien, eine Sitcom mit vielen, vielen Folgen und über Jahre laufend zu entwickeln und zu schreiben.

Ein Traumauftrag! Aber was sollten wir schreiben? Eine Sitcom? Nie gehört. Was in aller Welt war eine Sitcom?

Da ich mir keine Blöße als Hinterm-Mond-Ossiin geben wollte, die nicht weiß, was eine Sitcom ist, legte ich mein Gesicht in bedenkliche Falten und murmelte was von »… muß ich erst den Terminkalender befragen«. Antrak sagte sofort zu – mit einer Sicherheit, als hätte er sein Leben nichts anderes gemacht, als Sitcoms zu schreiben. Ich bewunderte meinen klugen Kollegen. Der wußte, was eine Sitcom ist. Ich wußte es nicht. Hatte mal wieder wesentliche kulturelle Entwicklungen verschlafen. Aber, dachte ich, du schreibst Kabarett, Antrak schreibt Kabarett – wenn der Sitcom kann, müßtest du es doch auch können. Also sagte ich ebenfalls zu, denn ewig lockt das Honorar.

Alle waren zufrieden. Die Herren vom ZDF entschwanden in ihre Mainzer Gefilde. Als wir wieder unter uns waren, kam Antrak auf mich zu und fragte: »Sag mal Inge, wie heeßt das, was wir schreiben sollen? Sitcom? Weeßt du, was das is?«

Natürlich mußten wir irgendwann Farbe bekennen. Nun wurden uns reihenweise amerikanische Sitcoms vorgespielt, in denen eine Albern-

Inge Ristock

heit die andere jagte, worüber sich ein nicht vorhandenes Publikum halb totlachte. Wir lachten nicht. Unsere Gesichter wurden immer länger. Erwartete man von uns wirklich tintenmäßige Absonderungen dieser Art? Also setzten wir uns noch mal alle zusammen und konkretisierten, was wir denn nun eigentlich wollten: Eine realitätsbezogene Fabel. (Halt, nein! Fabel ist ja völlig out! Das heißt jetzt Plot. Warum sollen wir deutsch sprechen, wenn uns das Amerikanische doch viel lässiger über die entrussifizierten Lippen perlt.) Unsere Plots sollten mit dem Leben und den Befindlichkeiten der Leute in Ost und West zu tun haben, das Ganze sollte möglichst kabarettistisch geschrieben sein, wobei mal die hüben und mal die drüben, also wir alle, unser Fett wegkriegen. Und im Mittelpunkt steht der kleene fiechelante Sachse, der immer glaubt, alles im Griff zu haben, und der sich auf seine Art durch die meist selbstgeschaffenen Bredouillen durchwurschtelt.

Übrigens: Stumpi ist ein anregender Kollege, der seine Autoren ständig mit neuen Ideen, Einfällen und Gags überschüttet.

Nochmal übrigens: Stumpi ist eine Nervensäge, die seine Autoren ständig mit neuen Ideen, Einfällen und Gags überschüttet.

Über Singapur nach Niederbörnicke

von Jens Weidemann

Wie das Sächsische einem auf die Sprünge helfen kann

Im Frühjahr 1994 wurde ich vom ZDF zu einem Treffen eingeladen, bei dem über eine geplante Sendereihe zum Thema Reisen gesprochen werden sollte. Auch Wolfgang Stumph hatte man zu dieser Beratung gebeten, und ich war sehr gespannt auf ihn. Ich kannte ihn lediglich aus dem Fernsehen und wußte immerhin, daß er aus Sachsen kommt. Durch ihn und »Salto Postale« hatte ich bereits einige Zeit zuvor eine gewisse Voreingenommenheit gegenüber der sächsischen Sprache nachhaltig abgelegt, an der im Grunde der Leipziger Walter Ulbricht die Schuld trug. Sächsisch war für mich irgendwie immer die amtliche DDR-Sprache, also beispielsweise der Originalton mürrischer Grenzbeamter und unfreundlicher Volkspolizisten oder der Fernsehklang preisgekrönter Helden der Arbeit, die im sächselnden Bürokratendeutsch die Planübererfüllung ihres Betriebes priesen. Auf der Hitparade der deutschen Dialekte lag Sächsisch dank solcher Eindrücke bei mir eher auf den hinteren Plätzen. Dann sah ich zum erstenmal »Salto Postale«, und schon nach wenigen Sätzen von Stankoweit war ich versöhnt: Das klang völlig anders als das Sächsisch, das ich bis dahin kannte. Gemütlich und frech zugleich. Eine Mischung, die vielleicht nur auf sächsisch funktioniert. Mit lauter Stankoweits als Staatsdienern hätte die DDR wahrscheinlich mindestens zehn Jahre früher einpacken können. Die BRD allerdings auch.

Wolfgang Stumph und ich trafen etwa gleichzeitig am Flughafen ein. Auch ohne seine Postleruniform erkannte ich ihn selbstverständlich sofort, was mich aus unerfindlichen Gründen dennoch nicht davon abhielt, ihn mit der wahnsinnig intelligenten Frage »Sind Sie Wolfgang Stumph?« zu begrüßen. Es gibt gewiß Schauspieler von weitaus gerínge-

Jens
Weidemann

rem Bekanntheitsgrad, die nach einem solchen Empfang erst mal ein wenig reserviert reagiert hätten. Er benahm sich jedoch nicht, wie es sich für einen Star gehört, sondern eher wie ein Kumpel, mit dem man sich auf ein paar Bierchen verabredet hat. Im Gespräch stellte sich dann heraus, daß wir gemeinsame Bekannte beim »Eulenspiegel« haben (in der DDR die einzige und daher überaus populäre Satire-Zeitschrift, die es zum Glück auch heute noch gibt), für den ich regelmäßig Beiträge schrieb. In einem meiner Eulenspiegel-Artikel ging es um die Postprivatisierung. Den hatte Wolfgang Stumph logischerweise gelesen. Damit waren wir auch gleich beim Thema »Salto Postale«, das ich ja zum Glück kannte. Es ist immer ein wenig unangenehm, mit einem Schauspieler zusammenzutreffen und dann keinen blassen Schimmer davon zu haben, was dieser Mensch schon alles auf die Mattscheibe gebracht hat. Der gewöhnliche Star setzt nämlich voraus, daß man alles von ihm kennt und als Autor, dem die Gnade einer persönlichen Begegnung gewährt wird, natürlich auch noch alles auf Video archiviert hat. Aber Wolfgang Stumph ist sowieso kein ordinärer Star und in dieser Hinsicht zweifellos Realist. Er kann sich sogar fast aufrichtig darüber wundern, wenn man sämtliche seiner letzten Fernsehauftritte tatsächlich lückenlos verfolgt hat.

Beim ZDF angekommen, sprachen wir dann in größerer Runde über die Reihe, die später unter dem Namen »Manche mögen's weit« lief. Der absolut knappe Zeitplan und andere ungünstige Rahmenbedingungen lösten bei Stumph sofort begründete Skepsis aus. Der um Fred Kogel versammelte Kreis war sichtlich irritiert. Da bot man einem Schauspieler aus dem Beitrittsgebiet eine eigene Fernsehserie an, und dann machte der auch noch Zicken, dieser »nette« Ossi! Trotzdem erklärte sich Wolfgang Stumph (mehr oder weniger sanft dazu gedrängt) aus Kollegialität bereit, für eine Episode zur Verfügung zu stehen. Das führte ihn dann nach Singapur, und ich hatte das große Vergnügen, ihn auf dieser Reise begleiten zu dürfen.

Wolfgang Stumph nutzte den damaligen Termin beim ZDF, um sich mit dem für »Salto Postale« zuständigen Redakteur zu treffen. Bis zur Produktion der dritten Staffel war es zwar noch fast ein Dreivierteljahr hin, dazwischen lagen noch etliche andere Produktionen, aber was ihn am meisten zu beschäftigen schien, war das Niederbörnicker Postamt. Auch später habe ich erlebt, wie er sich mitten in anstrengenden Dreharbeiten für andere Projekten die Zeit nimmt, um ausgiebig über die Drehbücher für »Salto Postale/Kommunale« zu diskutieren.

Während ich Stumph beim ZDF durch die Flure begleitete, fiel mir eines besonders auf: die wirklich ganz außergewöhnliche Freundlichkeit und Wertschätzung, die ihm von allen entgegengebracht wurde. Da dort sicher jeden Tag Fernsehstars ein und aus gehen, dürften die ZDF-Mitarbeiter eigentlich kaum noch zum Arbeiten kommen, wollten sie auf jeden prominenten Besucher so reagieren. Andererseits, wenn ich überlege, wie lange meine Manuskripte mitunter dort liegen ...

Einige Tage nach dem Treffen in Mainz rief mich Wolfgang Stumph an. Inzwischen hatte er einiges von mir gelesen, und offenbar muß es ihm gefallen haben. Er wollte mich deshalb mit dem Produzenten Alfried Nehring zusammenbringen. Das bedeutete nun nicht zwangsläufig, einen sicheren Buchauftrag für »Salto Postale« zu erhalten, aber die Möglichkeit war immerhin in greifbare Nähe gerückt. Karrieresprungmäßig kam mir das etwa so vor, als würde ein kleiner Sachbearbeiter gefragt, ob er nicht eventuell Lust hätte, mal eben ins Management aufzusteigen. Ich hatte zwar erste Erfahrungen mit Drehbüchern gesammelt und bereits für diverse Sendungen Sketche geschrieben, war zu diesem Zeitpunkt aber in erster Linie Buchautor. Für Sitcoms zu schreiben, war damals für mich noch eine ganz andere Liga. Erst recht, Autor für »Salto Postale« zu sein.

Die Begegnung mit Alfried Nehring fand in einer ausgesprochen urigen Lübecker Hafenkneipe statt, in unmittelbarer Nähe des Seemannsheims. Wir haben uns später noch einige Male in diesem Lokal getroffen, bis der Laden dann vermutlich irgendwann vom Gesundheitsamt geschlossen worden ist. Während ich den Erklärungen des Produzenten zur Arbeitsweise bei »Salto Postale« zuhörte, verfolgte ich gespannt den Weg einer unternehmungslustigen Kakerlake, der wohl in der Küche übel oder auch einfach nur langweilig geworden war und die jetzt munter zum Tresen marschierte. Da Alfried Nehring das Schollenfilet offensichtlich mundete, verzichtete ich darauf, ihn mit dieser Beobachtung unnötig zu irritieren. Als er dann um einen Beleg für seine Spesenabrechnung bat, brachte das den Wirt in arge Verlegenheit. Schreiben war irgendwie nicht dessen Welt. Erfreuliches Ergebnis des Gespräches war, daß ich mit der Aussicht auf einen Drehbuchauftrag ein Exposé für eine »Salto Postale«-Episode schreiben durfte. Jetzt mußte nur noch der Produzent sein Fischgericht überleben und mir eine gute Geschichte einfallen.

Erst mal stand aber die Reise nach Singapur an. Trotz der vor allem für Wolfgang Stumph enormen Belastung, in ungefähr drei Drehtagen bei einem Gewächshaus-Klima im Alleingang ein abendfüllendes Fernsehprogramm abliefern zu müssen, machte die Arbeit Spaß. Ein wenig verblüffend war die Tatsache, daß praktisch keine Aufnahme dort verging, ohne daß von irgendwoher »Stumpi!« gerufen wurde oder er Autogramme geben mußte. Mit solchen Reaktionen auf einen deutschen Schauspieler rechnet man in einer Gegend knapp über dem Äquator nicht unbedingt.

Die meisten Stumpi-Fans auf Singapurs Straßen waren freilich deutsche Touristen, aber nicht nur. Durch seine Trabi-Filme hat er eine Popularität gewonnen, die schon ein wenig über die deutschen Grenzen hinausreicht. Im übrigen ist er nicht der Typ, der freundlich lächelnd Autogrammwünsche erfüllt und hinterher über die Aufdringlichkeit der Leute jammert. Er genießt seine Popularität auf eine völlig unbefangene und natürliche Art.

Der ziemlich mäßige Erfolg von »Manche mögen's weit« hatte zum Glück keinen Einfluß auf das mittlerweile sehr freundschaftliche Verhältnis zwischen Wolfgang Stumph und mir. Von seiner Grundhaltung her ist er ohnehin ein eher versöhnlicher Mensch …

»Schweres Los« –
Mein erstes Buch für »Salto Postale«

Bevor ich meine erste Geschichte zu Papier brachte, analysierte ich Folge für Folge und notierte: Durchgespielte Handlung, fester Schauplatz, keine Zeitsprünge und alle paar Sekunden ein echter Lacher – das wird schwierig! Eine lustige Geschichte zu erfinden, die sich ohne Krampf in dieses Schema einfügen ließ, schien mir plötzlich fast unmöglich. Alle Geschichten, die ich bei meinen Vorüberlegungen für denkbar gehalten hatte, paßten aus irgendeinem Grunde nicht zu »Salto Postale«. Eine erfolgversprechende Geschichte mußte sich in erster Linie aus den Charakteren der Hauptfiguren entwickeln und durfte nicht einfach von außen ins Postamt getragen werden. Dann mußte sie natürlich noch aus gutem Grund in einem Postamt spielen und in irgendeiner Form politische Themen aufgreifen, die zum Zeitpunkt der Sendung auf der Tagesordnung stehen und die Menschen beschäftigen würden. Also im Prinzip unmöglich. Da ich nicht weiterkam, analysierte ich als nächstes die Sprache der Figuren. Das Ergebnis war noch niederschmetternder. Wer spricht schon wie Stankoweit und Reschke? Wie sollte ich jemals solche Dialoge schreiben können?

An Stankoweits Tonfall fasziniert besonders diese sprachliche Dribbeltechnik, mit der er die eigentliche Aussage liebenswürdig umtänzelt, als ob er sich die Pointe erst mal wie einen Ball zurechtlegt, um dann einen für den Gegner unhaltbaren Verbaltreffer zu landen. Der Dialekt, der oberflächlich betrachtet manchmal ein bißchen so klingt, als könnten die Sachsen im Blümchenkaffeerausch bei ausgeschaltetem Gehirn stundenlang sinnloses Zeug vor sich her reden, hat durch seine netten Schnörkel und hintergründigen Umschreibungen die Eigenart, jede Frechheit immer noch charmant klingen zu lassen. Zunächst lachen alle herzlich mit, ganz besonders jene, die gerade kräftig auf die Schippe genommen wurden. Wenn Letzteren dann mit einigen Sekunden Verzögerung bewußt wird, was das eigentlich auf Hochdeutsch bedeuten würde, bleibt manchen das Lachen nachträglich im Halse stecken. Dieser Vorgang ließ sich schon einige Male im Fernsehen verfolgen, wenn Wolfgang Stumph etwa bei Preisverleihungen in Anwesenheit »höchster Würdenträger« seine kabarettistischen Telefonate führt – am »TeleStar«-Beispiel ist es in diesem Buch nachzulesen.

Ich habe mir diverse sächsische Wörterbücher besorgt, immer wieder den Satzbau durchforscht und sogar heimlich im stillen Kämmerlein das Sächseln geübt. Wenn es um die Dialoge für Stankoweit geht, habe ich es dennoch nie zu solcher Meisterschaft gebracht wie die Autorenkollegen Inge Ristock und Gunter Antrak. Aber Wolfgang Stumph weiß um die Schwierigkeiten und hilft geduldig, meine Sätze für Stankoweit mundgerecht zu machen.

Die Dialoge für Reschke werfen wieder ganz andere Probleme auf. Einerseits soll Rudi etwas Witziges sagen, denn der eine oder andere Lacher macht sich bei einer Sitcom schließlich immer gut. Andererseits ist er eben kein zweiter Stankoweit, sondern ein ängstlicher Typ, dem die Zivilcourage seines Partners fehlt. Die schlagfertigen Reaktionen Stankoweits würden deshalb nicht zu ihm passen, und in einer wirklich funktionierenden Sitcom lachen wir nicht *über* die Figuren, sondern *mit* ihnen. Daher darf die Komik von Reschkes Äußerungen nicht darauf basieren, sich selbst zu einer lächerlichen Figur zu machen. Es ist also gar nicht so einfach, ihm die passenden und zugleich witzigen Worte in den Mund zu legen. Zum Glück gelingt es dem Schauspieler Achim Wolff wirklich hervorragend, der Figur über den Wortwitz hinaus durch die Gesten zu einem komischen Eigenleben zu verhelfen. Wenn sich die Ereignisse überschlagen, steht Reschke beispielsweise immer kurz vor einem Herzkasper, was ja im Grunde alles andere als spaßig ist, von Achim Wolff aber so herrlich verkörpert wird, daß Rudis Panikgriff ans Herz längst zu einer von vielen gern nachgeahmten Verzweiflungsgeste geworden ist.

Die wenigsten Probleme schien mir Mäßig zu bereiten. Den Tonfall eines korrekten Vorgesetzten zu treffen, müßte wohl noch hinzubekommen sein, dachte ich mir.

Nachdem ich einige Tage damit zugebracht hatte, »Salto Postale« mit wissenschaftlicher Akribie zu untersuchen, konnte es an die eigentliche Arbeit gehen. Wie alle Anfänger hatte auch ich den grandiosen Einfall, einfach mal ein paar Dinge zu ändern. Warum sollte man beispielsweise keine Massenszenen mit -zig Laiendarstellern im Postamt inszenieren? Heute weiß ich, es gibt tausend gute Gründe, dies nicht zu tun, und ich muß mich aufrichtig über die unendliche Geduld wundern, mit der sich Alfried Nehring und Wolfgang Stumph den Unsinn angesehen haben, den ich bei meinem ersten Anlauf für denkbare Episodeninhalte hielt. Zum Glück war eine leidlich brauchbare Idee dabei, die nach einigen Änderungen und kräftiger Nachhilfe durch die beiden schließlich zum Drehbuch »Schweres Los« führte. Immerhin hatte diese Folge dann über acht Millionen Zuschauer. Das ist in der Fernsehwelt ein schwerwiegendes Argument und hat für mich die Ära der Vollbeschäftigung als Drehbuchautor eingeläutet.

Von der Post ins Gemeindeamt

Die letzte Folge von »Salto Postale« war gelaufen, und ich wußte, daß es keine nächste Staffel geben sollte. Nichtsahnend saß ich am Schreibtisch, als mich Wolfgang Stumph anrief und fragte, ob ich denn Lust hätte, für das Nachfolgeprojekt zu schreiben. Was für eine Frage! Natürlich hatte ich Lust.

Dann ging alles sehr schnell. Nach weiteren Telefonaten folgte bald darauf eine erste Besprechung in Dresden. Der Titel »Salto Kommunale« stand bereits fest. Der Umzug vom Post- ins Gemeindeamt leuchtete mir sofort ein. Angesichts ihres Erfolges wäre es auch viel zu schade gewesen, auf das immense Potential zu verzichten, das noch immer im Gespann Stankoweit und Reschke steckte. Was sich einfach aufdrängte, war die Kommunalverwaltung als eine der wichtigsten Schnittstellen zwischen der Politik und dem Alltag der Menschen. Jede Bürgerin und jeder Bürger hat laufend damit zu tun und ebenso regelmäßig allen Grund, sich darüber aufzuregen. Ein ideales Umfeld also für Stankoweit, der immer auf der Seite jener Leute steht, die unter den Fehlern und Schwächen der Politik zu leiden haben.

Sicher wäre es schön gewesen, auch Mäßig wieder dabei zu haben. Aber für einen echten Neuanfang läge das einerseits zu nahe an »Salto Postale«, und wenn andererseits alle drei im Gemeindeamt Unterschlupf gefunden hätten – mit Mäßig gar noch als Bürgermeister –, wäre wohl ein bißchen zuviel Zufall ins Spiel gekommen. Außerdem, das ist nicht zu unterschätzen, bietet eine Chefin für Stankoweit in jeder Hinsicht eine interessantere »Reibungsfläche«.

Auch »Salto Kommunale« stellt wiederum eine witzige Verbindung aus politischer Satire und Volkstheater her. Ebensowenig wie »Postale« eine realistische Postfiliale war, ist »Kommunale« das detailgetreue Abbild einer Kommunalverwaltung. Was selbstredend nicht heißen soll, daß die Ereignisse in unserem fiktiven Ort Niederbörnicke nichts mit der Realität zu tun haben. Im Wahljahr 1998 wird der Anteil politischer Satire eher noch größer sein. Diesen Anspruch auch tatsächlich einzulösen, darüber wacht vor allem Wolfgang Stumph. Und während ich am Drehbuch schreibe und mir vielleicht gerade eine superlustige Szene ausdenke, in der die Torten nur so fliegen, klingelt garantiert das Telefon und Wolfgang Stumph ist dran. Irgendwie muß er es instinktiv spüren, wenn ich gerade in politisch unverbindlichen Klamauk abzugleiten drohe ...

Salto rückwärts

von Alfried Nehring

Sitcom, was ist das?

Unsere Zeit liebt den Telegrammstil. Sitcom ist die Kurzform von *situation comedy* und steht für die populärste Form der Fernsehunterhaltung in Amerika. Die Sitcom ist ein Alltagsdrama im Zeitraffer, komprimiert auf 30 Minuten, auf wenige Personen, wenige Schauplätze und die klassische Einheit von Ort und Zeit. Sitcoms werden seriell produziert. In Amerika erarbeitet häufig ein großes Team von Autoren die Drehbücher, ergänzt durch Spezialisten für Gags und Pointen. Das wichtigste aber sind die Darsteller. Sie müssen *für* die Zuschauer, *vor* ihnen und *mit* ihnen agieren können. Deshalb wird eine Sitcom meist im Studio vor Publikum produziert. Dessen direkte Reaktionen stimulieren die Fernsehzuschauer weit stärker als Lachkonserven, die später hinzugemischt werden. Im Gegensatz zum Sketch oder gespielten Witz verlangt die Sitcom eine gute, in sich logische Geschichte und sehr differenzierte, prägnante Charaktere für die Hauptfiguren. In Deutschland ist das Genre durch synchronisierte, heute schon klassische amerikanische Sitcoms wie »Golden Girls« oder »Eine schrecklich nette Familie« bekannt geworden.

Tatort Polyphon

Die Idee, Wolfgang Stumph zum Protagonisten einer deutschen Sitcom zu machen, wurde – welch programmatischer Zufall – im Mutterland der Sitcom, in den USA, geboren. In einem Gespräch mit dem Geschäftsführer der POLYPHON Film- und Fernsehgesellschaft, Frithjof Zeidler, kam der damalige Unterhaltungschef im ZDF, Wolfgang Neumann, auch

Der lautlose Postwiderstandskämpfer Rudi Reschke braucht Hilfe ...

auf eine Kuriosität zu sprechen: Jener Dresdner Kabarettist, der in Deutschland mit dem Spielfilm »Go, Trabi, Go« für viel Furore sorgt, hätte gerade das Angebot für eine Hauptrolle in einer Sitcom von 38 Folgen abgelehnt. Ein starkes Stück für einen Ossi nach der Wende. Frithjof Zeidler versprach, sich dieses »sächsische Originalgenie« näher anzusehen. So fuhr er nach Dresden und besuchte eine Vorstellung des Kabaretts »ANTRAK auf STUMPHsinn«. Das anschließende Gespräch mit Wolfgang Stumph wurde zum Beginn einer wunderbaren Freundschaft.

Was Sitcoms in Deutschland anlangt, hatte sich POLYPHON bereits 1983 engagiert und den genreerfahrenen englischen Autor Ion Watkins mit dem Schreiben der Drehbücher von »Eigener Herd ist Goldes wert« beauftragt. Zugleich für die ARD und die BBC produziert, wurde es ein beachtlicher Publikumserfolg. Insgesamt betrachtet, dümpelte jedoch das Unterhaltungsformat Sitcom bei Eigenproduktionen – meist auf ausländischen Vorlagen basierend und dann entsprechend »eingedeutscht« – mehr schlecht als recht in den einheimischen Fernsehanstalten vor sich hin.

Wolfgang Stumph scherte dieser Ballast wenig. Er wollte von Anfang an keine Adaption, sondern etwas Eigenes, Neues machen. So schlug er vor, die fernseh- und satireerfahrene Autorin Inge Ristock und seinen Kabarett-Kollegen Gunter Antrak mit dem Schreiben der Drehbücher zu betrauen. Eine Sitcom hatten beide noch nie gesehen, geschweige denn geschrieben. Als wir uns zur Einführung in die Drehbucharbeit gemeinsam mit dem Redaktionsleiter des ZDF, Horst-Christian Tadey, einige amerikanische Paradebeispiele erfolgreicher Sitcoms ansahen, waren alle einhellig der Meinung: Das können und wollen wir nicht.

Wolfgang Stumph wußte, was er wollte und kann – die Leute überraschen und unterhalten mit dem Unerwarteten. So wurde bei einem Abendessen in Berlin, zu dem Frithjof Zeidler am 15. März 1992 Wolfgang Stumph, Inge Ristock und mich eingeladen hatte, das eigentliche Gerüst für »Stumpis deutsche Sitcom« entwickelt. Mit übersprudelnder Phantasie und dem Widerspruchsgeist eines erfahrenen Kabarettisten verwarf er alle Anlehnungen an bekannte Strickmuster und Komik ohne sozialen Hintergrund. Ihm ging es von Anfang an um die Sicht und Welt des »kleinen Mannes«.

Die meisten in Deutschland bekannten Sitcoms spielten in Familien. Deshalb bestand Wolfgang Stumph darauf, seine Sitcom in der Arbeitswelt anzusiedeln. Schauplatz dürfe aber weder eine Arztpraxis noch gar ein Traumschiff werden, sondern solle vielmehr das Langweiligste sein, was man sich ausdenken könne – ein kleines deutsches Postamt. Auch kamen wir überein, daß dem sächsischen Postangestellten namens Stankoweit ein Chef aus den alten Ländern vorgesetzt wird, und daß jenes Postamt, wohin es ihn verschlagen hat, in Potsdam-Niederbörnicke liegen müsse, etwas entfernt von der nach der Wiedervereinigung inzwischen neu gekürten Hauptstadt Berlin – mit dem Blickwinkel der kleinen Leute auf die große Politik also.

Die Konstellation zwischen Wolfgang Stankoweit und dessen Chef Maximilian Mäßig (Hans-Jürgen Schatz) bot zwei witzige Konfrontationsmöglichkeiten – die zwischen Angestelltem und Leiter und die zwischen Ost und West. Außerdem stießen zwei schauspielerische Individualitäten aufeinander, die für die künstlerische Präzision der weiteren Arbeit von großer Bedeutung waren und später zum generellen Besetzungsprinzip wurden. Wolfgang Stumph als pointensicherer Kabarettist und Motor der Handlung, Hans-Jürgen Schatz als erfahrener Theaterschauspieler und Seriendarsteller mit dem Hang zur akribischen, präzisen Typisierung seiner Figur.

Den scheinbar so undramatischen Spielort Postamt hatten wir natürlich nicht ohne Hintersinn gewählt. Die Deutsche Bundespost und die Post der ehemaligen DDR vollzogen zahlreiche Schritte der deutschdeutschen Vereinigung sehr schnell und mit großer Konsequenz. Die Einführung der neuen Postleitzahlen, die Angleichung der Gebühren, die Eingliederung der Mitarbeiter aus den neuen Ländern in den Dienstbereich der Bundespost. Außerdem war damals bereits die Privatisierung des »Gelben Riesen« beschlossen – die erste große Strukturreform in Deutschland mit all ihren komplizierten Begleiterscheinungen wie Stellenabbau, Rationalisierung, Schließung vieler kleiner Postämter. Hier waren durch die Realität für unseren Stankoweit und unser kleines Postamt Schicksalsentscheidungen vorgezeichnet, die sich auf aktuelle Konflikte vieler Menschen in diesem Land – auch in anderen Branchen – übertragen ließen. Wir hofften, daß sich mit diesem Stankoweit, der die Fährnisse der Zeit auf ganz schlitzohrige Weise meistert, viele Zuschauer identifizieren würden.

Bis zum April 1993 entstanden die für die Produktion notwendigen sechs Drehbücher unter dem Arbeitstitel »Postamt Potsdam«. Phonetisch zwar wirksam, erwies er sich beim Sprechen aber als Zungenbrecher, und deshalb wurde kurzfristig nach einem neuen Titel Ausschau gehalten. Ich schlug »Salto Postale« vor. Salto als Sinnbild für Turbulenz und Risikobereitschaft, Postale als poetische Ironisierung des Schauplatzes Postamt. Erfreulicherweise nahmen die Presse und die Zuschauer diese Titelversion schnell an, obgleich natürlich Begriffe wie »Post-Sitcom« oder »Stumpis Sitcom« immer wieder in vieler Munde waren.

Einen Rückgriff auf etwas Bekanntes sächsischen Ursprungs gab es bei der Musik. Ich ironisierte in einem Gespräch mit Wolfgang Stumph den damals sehr populären »Prinzen«-Titel »Ich wär so gerne Millionär« mit den Zeilen: »Ich wär so gerne bei der Post, in Nord, in Süd, in West, in Ost ...« Ihm gefiel der Vorschlag, und die Leipziger »Prinzen« gaben ihre Zustimmung für die Version ihres Dresdner Kollegen. Detlef Rothe, der Musiker des Kabaretts »ANTRAK auf STUMPHsinn«, arrangierte den Titel für die Gesangsaufnahme mit Wolfgang Stumph, und in 24 Postale-Folgen wurde das Lied dann für uns alle zum Ohrwurm.

Die Regie für die erste Staffel übernahm Bernhard Stephan. Wir produzierten ab dem 29. April 1994 in einem Studio der Berliner Union-Film-Ateliers. In jeweils vier Arbeitstagen entstand eine 28 Minuten-Folge, die in der gleichen Woche immer freitags um 22.15 Uhr ausgestrahlt wurde. Natürlich wollten wir wenigstens ein bißchen »amerikanisch« sein und machten vor der ersten Aufzeichnung das übliche »warm up«. Zu diesem Zweck war ein Animateur engagiert worden, der den 100 Studiogästen mit Zoten und Kalauern mächtig einheizte. Es kam zwar Stimmung auf, aber keine, die zum Inhalt unserer Sitcom paßte und schon gar nicht zu unserem Geschmack. So eliminierten wir nach der ersten Folge auch dieses letzte »amerikanische« Element. Die Zuschauer wurden nun vor jeder Aufzeichnung begrüßt, die Darsteller vorgestellt und einige Sachinformationen zum folgenden Ablauf gegeben. Erfreulicherweise entwickelte sich sehr bald eine fast familiäre Atmosphäre; es bildete sich eine feste Fangemeinde heraus, die uns bei allen Aufzeichnungen mit ihrem Humor und sensiblen Reaktionen auf Pointen begleitete. Wir haben das Prinzip, auf dem Sendeband ausschließlich bei uns im Studio entstandene Lacher zu verwenden, bei allen 24 Folgen durchgehalten. Natürlich sind gelegentlich Verkürzungen oder Tonanhebungen vorgenommen worden.

Auf Sendung

Der vom ZDF vorgesehene Sendeplatz Freitagabend um 22.15 Uhr erwies sich als sehr ungünstig. Durch das »Politbarometer« oder andere aktuelle Ereignisse bedingt, dehnte sich häufig das »heute-journal« aus, so daß »Salto Postale« oft nicht zur angekündigten Sendezeit beginnen konnte. Außerdem überschnitt sich die Postale-Ausstrahlung mit den »ran«-Fußball-Berichten von der Endphase der Bundesliga-Saison auf

SAT I. Dennoch waren die Einschaltquoten für den Sendeplatz überdurchschnittlich hoch.

Zu den wichtigsten Erfahrungen aus der ersten Staffel gehörte, daß die Zuschauer auf die satirische Gestaltung tagesaktueller Alltagsprobleme sehr zustimmend reagierten. Daraus ergab sich für die zweite Staffel die Idee der satirischen Telefonate Stankoweits mit einem Bonner Politiker. Die Texte dafür schrieb Gunter Antrak am Tag der Aufzeichnung. Daß die Telefonate keine handlungsstörenden Solonummern wurden, ergab sich aus einer mittlerweile wunderbar funktionierenden Partnerbeziehung zwischen dem schlitzohrigen Wolle Stankoweit und dem ängstlichen Rudi Reschke (Achim Wolff), der beim Zuhören alle Reaktionen – von Ängstlichkeit bis zur boshaften Schadenfreude – kommentierend mitspielte. Gerade durch seine charakterliche und komödiantische Unterschiedlichkeit ist das Duo Stumph/Wolff im Laufe der Postale-Zeit zu einem Publikumsfavoriten geworden.

Während der ersten Staffel hatten sich außerdem zwei Darsteller kleiner Rollen – Christel Peters als Frau Kaiser und Gunter Antrak als Herr Klatschbier – so in die Herzen der Zuschauer gespielt, daß sie als *running-gag*-Figuren künftig in jeder Folge ihren Auftritt bekamen. Für die männlich dominierte Postmannschaft wurde in der zweiten Staffel – Stefan Lukschy war der Regisseur – ein neuer kräftiger weiblicher Gegenpart gesucht und mit der Münchner Schauspielerin und Kabarettistin Beatrice Richter auch gefunden. Als Chefin eines Reisebüros bot sie den Postlern schlagfertig Paroli und bayerisches Management-Know-how.

Das ZDF hatte inzwischen einen neuen Sendeplatz vorgeschlagen, der sich als wahrer Glücksfall erwies. Nun lief »Salto Postale« immer sonntags um 21.45 Uhr. Die Quoten stiegen für alle überraschend in fast schwindelerregende Höhen. Die dritte Folge der zweiten Staffel kam am 6. Februar 1994 auf 8,49 Millionen Zuschauer, das entsprach einem Marktanteil von 32,5 Prozent!

Für die dritte Staffel, bei der Franz Josef Gottlieb Regie führte, kam ein weiteres neues Element hinzu. In jeder Folge trat nun ein prominenter Überraschungsgast aus der Showbranche auf – neben anderen Roberto Blanco, Dieter-Thomas Heck, Elisabeth Volkmann, Angelika Milster, Eddi Arent, Herbert Feuerstein, Maybrit Illner, Horst Krause.

Wenn die »Frankfurter Allgemeine Zeitung« in einer ausführlichen Rezension unserer Sitcom lobend hervorhob:»Diese virtuose Besetzung um Stumph, die noch durch Franziska Troegner als Briefträgerin komplettiert wird, sorgt dafür, daß ›Salto Postale‹ trotz der Beliebtheit des Hauptdarstellers kein ›Solo für Stumph‹ geworden ist.«, so entsprach das genau unserer Absicht. In der Tat war uns die geschlossene Ensembleleistung, der pointierte Dialog, die genau erzählte Geschichte immer wichtiger als die Aneinanderreihung von Gags oder das routinierte Verkaufen moderner Lachnummern. Wolfgang Stumph, der ja von Haus aus Kabarettist ist, hat deshalb von Anfang an die Zusammenarbeit mit gleichgesinnten Kollegen gesucht. Das begann in der ersten Staffel mit dem großen Part von Jochen Busse als Oberpostinspektor, setzte sich fort in der Doppelgängernummer mit Wolfgang Lippert und reichte bis zu den wiederholten Auftritten Helen Vitas als Mäßigs Schwiegermutter. Diese Besetzungsstrategie ist von uns kontinuierlich betrieben worden, und so haben in den einzelnen Folgen sowohl stark durch das Kabarett geprägte Darsteller wie Myriam Stark, Jockel Tschiersch, Harald Effenberg, Gerd Kießling, Günter Böhnke oder Michael Nitzel mitgewirkt, aber auch komödienerfahrene Berliner Schauspieler wie Günter Junghans oder Karin Gregorek.

Mit durchschnittlich 7,5 Millionen Zuschauern pro Folge hatte sich »Salto Postale« mittlerweile zur erfolgreichsten deutschen Sitcom der 90er Jahre gemausert. Um so überraschender für alle, als Wolfgang Stumph auf dem Höhepunkt des Erfolges die Entscheidung traf, Stankoweits Postamt nach der vierten Staffel zu schließen. »Wenn es am schönsten ist, soll man aufhören«, sagte er damals den Zuschauern. Mit einer Träne im Knopfloch sangen alle Beteiligten in der letzten Sendung das (abgewandelte) Titellied »Wir war'n so gerne bei der Post«.

Im ZDF hat sich in der Folge (und sicher auch auf Grund des Erfolgs) von »Salto Postale« am Sonntagabend ein fester Programmplatz etabliert, der unter dem Hauptabteilungsleiter für Unterhaltung, Axel Beyer, mit ganz unterschiedlichen Sitcoms weiterentwickelt und ausgebaut wurde.

Stumpis Sitcom: Die zweite

Nach zweijähriger Pause ist nun auch Wolfgang Stumph mit einer neuen Sitcom wieder auf diesem Sendeplatz zu erleben. Jetzt wirbelt Publikumsliebling Stankoweit in »Salto Kommunale« eine Bürgermeisterei durcheinander. Von seinem Schreibtisch aus läßt der unkonventionelle und schlitzohrige Amtsdiener nicht nur die Stempel tanzen. Da bleibt kein Aktenzeichen ungelöst, kein Vorgang unbearbeitet, keine Affäre unaufgeklärt. Als attraktive Gegenspielerin hat er jetzt die Bürgermeisterin Ingrid Schikaneder, vital und mit allen politischen Wassern gewaschen – eine Paraderolle für Angelika Milster.

Das Aufgreifen aktueller Aspekte erhöht im Wahljahr 1998 noch die Brisanz unserer Sitcom. Viele Themen, die die Zuschauer im Lande bewegen, bilden den Hintergrund für die einzelnen Geschichten: Parteiengerangel, Verschwendungssucht, Amtsmißbrauch, Korruption ... Während viele politische Sendungen aktuelle Informationen – als sogenanntes Infotainment – unterhaltend präsentieren, macht Wolfgang Stumph Unterhaltung als politischer Entertainer.

Die Frage: Sitcom, was ist das? haben wir somit auf unsere Art beantwortet. Einmalig und besonders ist vor allem das, was nur Wolfgang Stumph zu bieten hat: die Fähigkeit, aktuelle Tagesfragen über seinen Helden Stankoweit zu vermitteln und unser ganzes Team zu jener Arbeitsweise zu inspirieren, die sich andere nicht als Bürde auferlegen. Auch die »Kommunale«-Folgen – erneut von den Autoren Inge Ristock, Gunter Antrak und Jens Weidemann geschrieben – werden wieder in den ersten vier Tagen der Woche aktuell – ohne Netz und doppelten Boden – produziert. Die Reaktionen der 100 Zuschauer im Studio sind ein Test für die Wirkung, wie sie die fertige Sendung drei Tage nach ihrer Aufzeichnung am Sonntagabend im ZDF erzielen soll.

Noch mehr Zuschauernähe – sprich Bürgernähe – ist angesagt, denn die Reihen für das Saalpublikum gehen direkt in den Warteraum der Gemeindeverwaltung von Niederbörnicke über. Mit dem neuen Titellied, von Detlef Rothe eigens für Wolfgang Stumph komponiert, begrüßt Stankoweit zugleich die »wartenden Bürger« und seine große Fernsehgemeinde: »Nu nu, geht klar, das mach mer schon, ich bin doch hier die Amtsperson ...«

Im Vergleich zu »Salto Postale« liegt bei »Salto Kommunale« die Meßlatte des Erfolges noch höher. Es ist ein doppelter Salto, den Wolfgang Stumph und unser Team schlagen will und muß.

POSTALE

**Das Beste
aus dem Postamt
Niederbörnicke –
zum Nachlesen**

Der Einschreibebrief

Autorin: Inge Ristock

INHALT:

Wolfgang Stankoweit hat es nach der Wende von Dresden in das kleine Nest Niederbörnicke in der Nähe von Potsdam verschlagen. Gemeinsam mit seinem Kollegen Rudi Reschke und der Sachbearbeiterin Yvonne bewältigen die drei die postalischen Wandlungen im wiedervereinten Deutschland. Maximilian Mäßig, der neue Wessi-Chef, hat alle Hände voll zu tun, der sächsischen Schlitzohrigkeit seines Untergebenen Herr zu werden. Aber dieser Stankoweit kann sich schließlich nicht nur um die Amtsgeschäfte kümmern, wo doch immer und überall Tücken lauern. Da bekommt seine Frau plötzlich von so einem Schnösel im Wildwest-Outfit einen Einschreibebrief. Und so wie früher, ist es auch jetzt: privat geht vor Katastrophe! Wo das Eheglück auf dem Spiel steht, zählen für den von Eifersucht geplagten Stankoweit keine Dienstanweisungen ...

STANKOWEIT: Herr Oberpostrat, ich muß Sie sprechen. Ich kann einfach nicht mit ansehen, wie Sie leiden.

MÄSSIG: Was soll ich? Leiden??

STANKOWEIT: Ihre Nasenspitze hängt.

MÄSSIG: Was hängt?

STANKOWEIT: Ihre Nasenspitze. Und wenn bei Leuten die Nasenspitze hängt, dann weiß ich, es stimmt was nicht mit ihrem Seelenfrieden.

Mäßig faßt sich verstohlen an die Nase.

In der 1. Staffel mit dabei: Myriam Stark als Postangestellte Yvonne und Jochen Busse als Oberpostinspektor Schneiderlein.

MÄSSIG: Unsinn, da hängt gar nichts.

STANKOWEIT: Herr Mäßig, ich habe ein Auge für so was.

Mäßig betrachtet sich im Spiegel.

MÄSSIG: Wo soll denn da was hängen? Bei mir hängt nie was.

STANKOWEIT: Doch nur symbolisch. Ich habe gewissermaßen ein symbolisches Auge, den zweiten Blick! Und mein zweiter Blick sagt mir: Bei Ihnen stimmt was nicht.

MÄSSIG: Stankoweit, ich fühle mich jung, dynamisch und erfolgreich.

STANKOWEIT: Nicht verdrängen, Herr Mäßig, nicht verdrängen. Sich's von der Seele reden! Eh ich meine Plattfüße kriegte, war ich Briefträger. Ich bin also weit rumgekommen. Ich hab also eine gewisse Lebenserfahrung. Glauben Sie einem reifen Mann: Wenn Sie sich mal jemandem anvertrauen würden, das erleichtert. Ich weiß, das fällt Ihnen schwer, denn Sie kommen aus dem Westen, und da heißt es immer: Dienst ist Dienst und Schnaps ist Schnaps. Aber jetzt sind Sie hier im Osten. Und da ist das genau umgekehrt. Hier nimmt man Anteil am Kollegen, wenn der eine Privatangelegenheit hat. Wenn zum Beispiel die Ehefrau fremdgeht ... Nein?

MÄSSIG: Stankoweit, was erlauben Sie sich!

STANKOWEIT: Machen wir uns doch nischt vor, Herr Mäßig. Die meisten Ehen sind doch ein Irrtum. Aber das merkt man erst hinterher. Scheidungen sind teuer, deshalb hatten wir im Osten das Kollektiv erfunden. Da konnte man sich an jeder Schulter ausweinen. Als damals dem Reschke die Frau durchgebrannt war – mir ham drei Tage keene Briefe ausgetragen! Uns nur um Reschke gekümmert! Wir sind ja nur 'n kleines Kollektiv, aber bei Betrieben mit 500 Beschäftigten a zwo Schultern konnte das schon ein ganz schöner Halt sein!

MÄSSIG: Und wann haben Sie gearbeitet?

STANKOWEIT: Es brannten ja ni immer Frauen durch. Sehn Sie, die Kollektive ham wir abgeschafft – nu brauchen wir Psychiater. Der eenzje Unterschied: Kollektiv war kostenlos und fand während der Arbeitszeit statt.

MÄSSIG: Stankoweit, wie reden Sie eigentlich mit mir? Ich bin Ihr Vorgesetzter!

STANKOWEIT: Das trag ich Ihnen nicht nach, Herr Mäßig. Ich versuche, mich an Sie zu gewöhnen, mer weeß ja nich, was nach Ihnen kommt. Machen wir uns doch nischt vor: Ein Westler, der freiwillig im Osten arbeitet ... Wo liegt denn nun Ihr werter Hund begraben?

MÄSSIG: Stankoweit, verlassen Sie sofort mein Dienstzimmer!

STANKOWEIT: Ich verstehe ja, daß Sie Redehemmung haben, Sie sind einfach ni so viel menschliche Anteilnahme gewöhnt. Vielleicht vorher ein Schnäpschen? Wenn Sie's erleichert, ich trinke einen mit.

Stankoweit holt aus dem Schrank Flasche und Gläser und gießt ein.

MÄSSIG: Stankoweit, Sie machen mich staunen.

STANKOWEIT: Wenn erst mal der Seelenfrieden weg ist – ist ooch der Posten weg. Und dann heißt es, mit dem Dienstfahrrad Briefe ausfahren. Bei Wind und Wetter. Mich friert's gleich. Schnell noch eenen, damit wir uns nich erkälten.

Stankoweit gießt nach und beide trinken.

MÄSSIG *(entnervt)*: Stankoweit, was wollen Sie eigentlich von mir?

STANKOWEIT: Herr Mäßig, wenn ein Kollege schon eine halbe Stunde vor Arbeitsbeginn auf einem Postamt antanzt – da macht man sich ja seine Gedanken.

MÄSSIG: Sie sind ja auch schon hier.

STANKOWEIT: Ich hab ja auch einen Grund. Meine Frau lernt Englisch. Lernt Ihre etwa auch Englisch?

MÄSSIG: Bei mir liegt die Sache tiefer, Stankoweit. Aber geben Sie mir erst noch einen ...

Stankoweit gießt ein, Mäßig trinkt.

MÄSSIG: Meine Frau ... schweigt.

STANKOWEIT: Was macht Sie?

MÄSSIG: Sie schweigt. Seit 14 Tagen hat Sie kein einziges Wort mit mir gesprochen.

STANKOWEIT: Da haben Sie's gut getroffen.

MÄSSIG: Ich bin ein kommunikativer Gatte, Stankoweit. Wenn ich abends nach Hause komme, dann erzähle ich meiner Frau alles, aber auch alles, was mich am Tage so bewegt hat: Wie viele Dienstanweisungen ich herausgegeben habe, wes Inhaltes selbige sind und wie sich meine lieben Ostler wieder angestellt haben. Und wie dankt man mir das? Mit abgrundtiefem Schweigen. Nur, weil ich unseren Hochzeitstag vergessen habe.

STANKOWEIT: Herr Mäßig, ich werde neidisch. Bei meiner steht die Gusche nie zu.

MÄSSIG: Wenn Sie wüßten, wie ich das Geplauder meiner Frau vermisse.

STANKOWEIT: Plaudert Sie denn so charmant?

MÄSSIG: Das ist es nicht, aber ... Diese Kommunikation fördert irgendwie meine Verdauung.

STANKOWEIT: Na ja, bei den Arzneimittelpreisen ist eine kostendämpfende Gattin nicht zu verachten.

MÄSSIG: Stankoweit, Sie bringen mich auf eine fabelhafte Idee: Warum soll man das Gute aus dem Osten nicht übernehmen? Solange meine Frau schweigt, frühstücke ich mit Ihnen.

(...)

Das Dienstjubiläum

Autorin: Inge Ristock

INHALT:
Offenbar hat man in beiden Teilen Deutschlands unterschiedlich rechnen gelernt – was sich nach der Wiedervereinigung gelegentlich herausstellt, wenn es um die Dauer von Betriebszugehörigkeiten geht ... So wird aus Reschkes 40jährigem Dienstjubiläum nicht das erhoffte frohe Ereignis, sondern ein gehöriger Streitfall. Dabei war sich Rudi seiner Sache ganz sicher, hatte bereits Sekt und Schnittchen für die Kollegen gekauft, der Tochter einen neuen Skianzug spendiert und bei Frau Velten im Reisebüro fast schon eine Traumreise gebucht. Die gute Frau Kaiser liefert Mäßig sogar einen persönlichen historischen Beweis, doch es hilft alles nichts: Für Rudis Dienstjubiläum – und damit für die erhoffte Treueprämie von 800 Mark – fehlen nach den neuesten ›Berechnungen‹ einfach drei Jahre. Die hat er wohl, wie Freund Stankoweit trocken meint, auf dem Altar der deutschen Einheit geopfert ...

STANKOWEIT: Auf unsern Rudi! Und daß der in den 40 Jahren immer an vorderster Postfront gekämpft hat – will ich mal so sagen. Und daß in all den Jahren nie was vorgefallen ist. Das sollte man mal betonen.

MÄSSIG: 40 Jahre! Ich verspreche Ihnen, Reschke, und dafür mach ich mich auch in der Oberpostdirektion stark, daß Sie nun endlich in den wohlverdienten Vorruhestand versetzt werden.

RESCHKE: Ne, bitte nicht. Das ist wirklich nicht nötig, Herr Mäßig. Das kann ich wirklich nicht verlangen.

MÄSSIG: Doch, doch, Reschke!

»... schon vor Arbeitsbeginn Alkohol. Zu solchen Mitarbeitern kann ich mir nur gratulieren!«

FRAU VELTEN: Herr Reschke, nehmen's meinen allerherzlichsten Glückwunsch entgegen und meinen Rat: Seien Sie nett zu sich, die andern sind es eh nicht. Gönnen Sie sich was! Machen Sie eine schöne Reise! In Ihrem Alter kann jeder Tag der letzte sein. Manchmal sehen's schon verdammt grau aus. Plötzlich sind's weg und ärgern sich, daß Sie nix vom Leben gehabt haben. Und darauf trinken wir: Zum Wohl!

ALLE: Zum Wohl!

STANKOWEIT: Darf ich erst mal anbieten. Der Kollege Reschke spendiert zur Feier des Tages Hummerbrötchen.

RESCHKE: Sändwitschis, Wolle, Hummersändwitschis.

Frau Velten und Herr Mäßig bedienen sich und essen mit großem Genuß.

MÄSSIG: Hummer? Nobel, Reschke.

FRAU VELTEN *(mit vollem Mund)*: Hummer ist a Leidenschaft von mir. Hm, fantastisch, Reschke, den haben's mit Tschi tschi fu jen gewürzt, gell?

RESCHKE: Tsch, tschi ... was?

STANKOWEIT: Tschi tschi fu jen.

FRAU VELTEN: Mit Tschi tschi fu jen. Das neue Gewürzt, was sie in Tibet gefunden haben.

RESCHKE: Ich habe nichts in Tibet gefunden.

MÄSSIG: Pikant. Das Gewürz schmeckt leicht nach ... nach ...

STANKOWEIT: Nach faulen Eiern.

MÄSSIG: Richtig. Ich wußte gar nicht, daß Sie Gourmet sind, Stankoweit.

»Aber Herr Reschke, Reisen ist doch so billig!«

»Liebe Frau Kaiser, das ist ein Postsparbuch der Deutschen Demokratischen Republik ... Und Mark der DDR gibt es nicht mehr.« – »Das Ostgeld will ich auch gar nicht, sondern 2:1 umgetauscht.«

»Da denkt der dumme Reschke, er hat auch mal seinen großen Tag – dann war's wieder nur ein Flop!«

FRAU VELTEN Warum essen Sie denn nix?

RESCHKE: Ach, essen Sie mal. Wir haben vorhin schon so viel genascht.

STANKOWEIT: Mir ham uns den Hummer ä bissel übergegessen, Frau Velten, in der DDR gab's ja nischt anderes.

FRAU VELTEN: Dann werden wir uns wohl erbarmen müssen.

Frau Velten und Mäßig ziehen sich mit der Hummerplatte in eine Ecke zurück und lassen es sich schmecken.

STANKOWEIT: Nun kuck dir das an, Rudi. Da fressen uns die Wessis schamlos den ganzen Hummer weg.

RESCHKE: Kannst doch ein Hummersändwitsch essen, Wolle.

STANKOWEIT: Mir schmeckt er doch nich.

RESCHKE: Was jammerst du denn dann?

STANKOWEIT: Diese historische Ungerechtigkeit, Rudi: 40 Jahre haste als DDR-Bürger von Hummer nur träumen können. Und nu hasten endlich – und er schmeckt dir nich. 40 Jahre hattste den falschen Traum – das kann ee'n aber ganz schön fertigmachen ...

(...)

Schweres Los

Autor: Jens Weidemann

INHALT:
Nach seinem Ausscheiden aus dem Postdienst will Rudi Reschke – gewissermaßen als Pensionszubrot – Schönheitsmittel für Männer vertreiben. Stankoweit bekommt von ihm gleich eine Gratis-Parfümprobe angedient. Der Duft soll auf Frauen besonders anziehend wirken, was sich in Person von Frau Zander-Albrecht schnell zu bewahrheiten scheint. Die Dame ist allerdings nicht scharf auf Stankoweit, sondern vielmehr darauf aus, im Schalterraum eine neuartige Postlotterie – den Postrubbel-Rolli – zu installieren. Durch die Zustellerin Carmen Hubsch erfährt Stankoweit, daß die attraktive Unternehmensberaterin indes ganz andere Pläne verfolgt: Sie will im ehemaligen Reisebüro einen Spielsalon eröffnen. Stankoweit muß all seine Talente aufbieten, um die zwielichtigen Pläne der raffinierten Zander-Albrecht zu durchkreuzen.

Reschke sitzt im Schalterraum an seinem Arbeitsplatz, hat einen geöffneten kleinen Vertreterkoffer in einer verwegenen Neonfarbe vor sich und betrachtet andächtig dessen Inhalt: Mappen mit Prospekten und diverse Kosmetikproben. Stankoweit kommt ins Postamt und schaut sich neugierig den Sortimentskoffer an.

STANKOWEIT: Morgen, Rudi!

RESCHKE: Morgen, Wolle!

STANKOWEIT: Was hast du denn da?

RESCHKE: Da staunst du, was?

STANKOWEIT: Ein Chemiebaukasten? Willst du dich bei »Jugend forscht« bewerben oder deine eigenen Mottenkugeln drehen?

RESCHKE: Das ist mein Sortimentskoffer. Ich mach' mich selbständig.

STANKOWEIT: Und womit? Plutonium?

RESCHKE: Wie kommst'n darauf?

STANKOWEIT: Du strahlst irgendwie so.

RESCHKE: Ach, Wolle. Plutonium gibt's in Deutschland doch bald an jeder Straßenecke. Ich habe die totale Marktlücke entdeckt: Herrenkosmetik!

STANKOWEIT: Herrenkosmetik!? Also nee, Rudi! Du und Herrenkosmetik!?

RESCHKE: Ja, wieso denn nicht? Guck mal mein Gesicht an, fällt dir gar nichts auf?

STANKOWEIT: Ja genau! Jetzt, wo du's sagst.

RESCHKE: Siehste!

STANKOWEIT: Stimmt, bei deinem Gesicht müßte man sofort erkennen können, ob die Kosmetik was taugt.

RESCHKE: Das mein' ich ja. Ich probier' doch gerade so eine Creme für meinen Teint.

STANKOWEIT: Na, da hättste sie dir man besser ins Gesicht schmieren sollen ...

RESCHKE: Ich mach' sogar jeden Abend 'ne Gurkenmaske.

STANKOWEIT: Versuch doch mal 'ne Salami-Maske.

»Also nee, Rudi!«

RESCHKE: Wieso?

STANKOWEIT: Das gibt 'nen feurigen Blick.

RESCHKE: Ach, du hast ja keine Ahnung.

STANKOWEIT: Wie willst du eigentlich die Männer in Potsdam-Niederbörnicke dazu bringen, sich Kosmetik ins Gesicht zu schmieren? Die meisten fühlen sich schon angeschmiert genug.

RESCHKE: Wer besser aussieht, kriegt auch 'nen besseren Job.

STANKOWEIT: Und wer am besten aussieht, braucht gar nicht mehr zu arbeiten. So, wie vielleicht der, der sich diesen ganzen Unsinn ausgedacht hat.

Reschke läßt sich nicht beirren und wirft Stankoweit eine Probe zu.

RESCHKE: Probier mal das, Wolle. Das soll die Frauen ganz verrückt machen!

Stankoweit fängt die Probe und liest voller Ironie den zugehörigen Werbetext vor.

STANKOWEIT: »Eine hinreißende Kombination holzig-moderiger Düfte mit einer Nuance aus Moschus und Rochen. Der Duft, der Frauen ›Ja‹ sagen läßt.« – Drei Tropfen davon hinter de Leffl und Rosi erhöht mein Taschengeld? Na, da bin ich aber neugierig, wie so was riecht.

RESCHKE: Mensch, Wolle! Vorsichtig!

Zu spät – Stankoweit bespritzt sich beim ungeschickten Herausziehen des Stöpsels mit dem kompletten Inhalt der Probe.

STANKOWEIT: Puh!

RESCHKE: Die schöne Probe! Das war meine einzige!

Stankoweit versucht vergeblich, mit seinem Taschentuch den Duftstoff zu beseitigen und macht dabei ein sehr unglückliches Gesicht. In diesem Augenblick betritt Frau ZANDER-ALBRECHT, eine attraktive und äußerst temperamentvolle junge Dame, den Schalterraum. Sie macht einen sehr aufgebrachten Eindruck, als habe sie sich gerade über etwas geärgert.

ZANDER-ALBRECHT: Meine Güte, war das ein Idiot!

STANKOWEIT: Pardon …?

ZANDER-ALBRECHT: Stellen Sie sich vor: Gerade habe ich hier vorm

Postamt eingeparkt, da kommt so ein Idiot und jammert rum, das ist sein Parkplatz und so, ich soll gefälligst wieder wegfahren, sonst läßt er mich abschlepppen. Na, dem hab' ich's aber gegeben.

STANKOWEIT *(halblaut)*: Mäßig!

ZANDER-ALBRECHT: Was?

STANKOWEIT: Ich meine, äh, mäßig …, mäßigen Sie lieber Ihren Zorn, sonst kriegen Sie nachher noch Falten in Ihrem hübschen Gesicht.

ZANDER-ALBRECHT: Genau, Sie haben recht. Der Idiot ist es gar nicht wert, daß ich mich seinetwegen so aufrege.

STANKOWEIT: Das sagen wir uns auch immer. Was können wir für Sie tun?

ZANDER-ALBRECHT: Zander-Albrecht ist mein Name. Ich komme im Auftrag der Postdirektion.

Beim Stichwort »Postdirektion« entwickelt Reschke augenblicklich hektische Betriebsamkeit, um seinen Sortimentskoffer und diverse auf seinem Schalterplatz verteilte Proben dezent verschwinden zu lassen. Stankoweit schaltet rasch und startet ein Ablenkungsmanöver. Er entfernt sich von seinem Schalterplatz und nimmt Frau Zander-Albrecht beiseite, so daß Reschke hinter ihrem Rücken freie Bahn hat. Der Kosmetikkoffer paßt erst nach einigen Anläufen in die Schublade, und einige Probepäckchen werden hastig unter Kassenbücher und andere Unterlagen geschoben.

STANKOWEIT: Postdirektion!? Das ist gut, daß Sie da sind! Ich hätte da nämlich 'ne Frage.

ZANDER-ALBRECHT: Ja?

STANKOWEIT: Wenn ich meine privaten Hosenträger zur Diensthose trage, würde ich hier gerne ein Post-Emblem aufnähen lassen, damit

Mit dem ZDF-Redakteur Horst-Christian Tadey

es ein bissel amtlicher wirkt. Wie ist da der korrekte Dienstweg, um das in der passenden Größe zu beantragen?

Frau Zander-Albrecht kommt näher an Stankoweits Hosenträger heran, schnuppert betört und verhält sich plötzlich ganz merkwürdig – wie in Trance. Reschke erhebt sich daraufhin von seinem Platz, um die offenkundige Wirkung des Herrenduftes genau zu studieren.

ZANDER-ALBRECHT: Was für ein Aftershave benutzen Sie eigentlich, Herr ..., äh ...?

STANKOWEIT: Stankoweit.

Stankoweit wirft Reschke einen hilflosen Blick zu, doch der zuckt auch nur ratlos mit den Achseln. Bei Frau Zander-Albrecht toben die entfesselten Hormone.

ZANDER-ALBRECHT: Sie machen mich noch ganz kirre, Herr ... Stinkoweit.

STANKOWEIT: Mensch Rudi, für dein Duftwässerchen braucht man ja 'nen Waffenschein.

RESCHKE: Kein Wunder, Wolle. Bei der Überdosis!

Während Frau Zander-Albrecht gerade wie hypnotisiert in Stankoweits Arme sinkt, kommt MÄSSIG sehr wütend ins Postamt gestürmt.

STANKOWEIT und RESCHKE: Guten Morgen, Herr Mäßig.

Sein Blick richtet sich sogleich auf die Frau in Stankoweits Armen.

MÄSSIG: Guten Morgen! Was ist denn hier los!?

STANKOWEIT: Das ist die Frau Zunder-Ulbricht ...

Umgehend ist Frau Zander-Albrecht wieder ganz bei Sinnen.

ZANDER-ALBRECHT: Zander-Albrecht!

MÄSSIG: Diese Dame habe ich bereits kennengelernt. Gehört es neuerdings zu Ihren dienstlichen Pflichten, der weiblichen Kundschaft in einem so wörtlichen Sinne unter die Arme zu greifen?

STANKOWEIT: Ich wußt' ja selbst gar nicht mehr, wo ich noch hingreifen sollte. Der Dame war sozusagen nicht gut, oder vielleicht auch schon fast wieder ein bissel zu gut ...

ZANDER-ALBRECHT: Sehen Sie, der Herr weiß wenigstens, wie man sich einer Dame gegenüber zu benehmen hat.

MÄSSIG: Dame und Benehmen? Lachhaft! Ich bin noch nie im Leben derart von jemandem beleidigt worden.

ZANDER-ALBRECHT: Wieso, was hab' ich denn schon groß gesagt?

MÄSSIG *(bitter)*: Ossi!

ZANDER-ALBRECHT: Das war doch gar nicht böse gemeint, ist mir einfach nur so rausgerutscht ...

RESCHKE: Das ist ja ...

STANKOWEIT: ... ein starkes Stück! Der Herr Mäßig ist kein Ossi. Das kann ich bezeugen. Dazu hätt' er niemals das Zeug gehabt.

MÄSSIG: Ich bin westdeutsch! Durch und durch! Das läßt sich über mehrere Generationen, ja bis zum 30jährigen Krieg lückenlos zurückverfolgen.

STANKOWEIT: Da haben seine Vorfahren schon gegen meine gekämpft.

ZANDER-ALBRECHT: Dann entschuldige ich mich eben bei Ihnen.

RESCHKE: Wieso bei ihm?

STANKOWEIT: Bei uns!

ZANDER-ALBRECHT: Na gut, entschuldige ich mich halt bei allen. Entschuldigung. Entschuldigung. Entschuldigung. Ist jetzt gut?

RESCHKE: Wir haben auch unseren Stolz!

STANKOWEIT: Auch wenn man das nicht immer so direkt merkt ...

ZANDER-ALBRECHT: Ich bin ja auch nur drauf gekommen, weil Sie so grau im Gesicht aussehen. Da denkt man doch gleich an Südfrüchtemangel in der Kindheit und dergleichen.

MÄSSIG: Bei uns herrschte kein Mangel. Ich habe jeden Abend ein Glas Bananenmilch bekommen.

ZANDER-ALBRECHT: Ich mein' ja nur. Und überhaupt ..., auch Ihre Mentalität. Dieses besitzstandswahrende Verhalten mit Ihrem Parkplatz, also das war wirklich schon absolut ossimäßig. Das müssen Sie selbst zugeben.

MÄSSIG: Also, ich verbitte mir diese Frechheiten ...

ZANDER-ALBRECHT: Nein, dieses schon fast reflexhafte Gekränktsein! Wie er sich gleich wieder aufregt! Ganz typisch! Sie sind wohl schon länger hier? Da nimmt man vielleicht doch unwillkürlich das eine oder andere an.

MÄSSIG: Schluß, genug, es reicht!

STANKOWEIT: Jetzt schon, Herr Mäßig? Wo Sie doch gerade kurz davor waren, »Ossi ehrenhalber« zu werden.

ZANDER-ALBRECHT: Genau, Talent dazu hat er. Vielleicht hat er schon als Kind heimlich »Meister Nadelöhr« und »Pittiplatsch« geguckt? Und später den »Schwarzen Kanal«? So was soll ja prägen.

MÄSSIG: Raus! Sie verschwinden jetzt augenblicklich, sonst mache ich als Betriebsleiter von meinem Hausrecht Gebrauch!

ZANDER-ALBRECHT: Das wird schlecht gehen, ich bin nämlich im Auftrag der Postdirektion hier.

Mäßig droht zusammenzubrechen, Stankoweit stützt ihn, Mäßig wehrt die Hilfe gleich wieder ab.

MÄSSIG: Was? Nein! Warum sagt mir denn keiner was?

STANKOWEIT: Also Herr Mäßig, ich hab' deutlich gezwinkert, als ich Ihnen die Dame vorstellte.

RESCHKE: Jawohl, das stimmt.

MÄSSIG: Das ist mir alles sehr, sehr unangenehm.

ZANDER-ALBRECHT: Na, dann gehen Sie mal in sich, eh Sie wieder aus der Haut fahren. Ich hol' derweil einige Sachen aus dem Auto. Das steht ja zum Glück gleich vor der Tür. *(zu Reschke)* Kommen Sie mal mit! Tragen helfen.

Frau Zander-Albrecht winkt Reschke wie einen Hund zu sich. Der blickt sich ratlos nach Stankoweit um, während er mit der temperamentvollen Dame aus dem Postamt geht. Mäßig setzt sich erst mal hin und begräbt sein Gesicht verschämt in den Händen.

MÄSSIG: Stankoweit, von Mann zu Mann: Seh' ich wirklich grau im Gesicht aus?

STANKOWEIT: Jetzt schon ...

(...)

Der Baum vorm Haus

Autor: Gunter Antrak

INHALT:
Der stattliche alte Baum vor der Post steht dem Bau eines Parkplatzes im Wege. Ohne Gewissensbisse genehmigt Amtsleiter Mäßig die Abholzung. Für Stankoweit und Reschke ist das eine mittlere Katastrophe. Während sich der eine wehmütig daran erinnert, wie er unter diesen Zweigen zum erstenmal seine Frau geküßt hat, malt der andere das Bild einer drohenden Klimakatastrophe aus. Natürlich gelingt es Stankoweit, die bestellten Holzfäller immer wieder an ihrer Arbeit zu hindern – bis der Amtsleiter schließlich die Wahrheit gesteht: Nicht nur der Baum, sondern die ganze Immobilie soll weg. Rudi will wie immer gleich kapitulieren, doch Wolle läuft nun erst recht zu Höchstform auf, denn was ist schon die Rettung eines Baumes gegen die Rettung seines geliebten Postamtes ...

Reschke gießt mit Hingabe im Schalterraum seine Grünpflanzen. Stankoweit liest Zeitung.

RESCHKE: Oh, Wolle! Meine Sparmannia africana treibt ganz wunderbar!

STANKOWEIT *(ohne aufzuschauen)*: Deine was?

RESCHKE: Meine Zimmerlinde ... Und hier! Ich werd' nicht wieder! Schau doch mal! Die Spathiphyllum kriegt Blüten! Was sagst du dazu? ... Sag doch auch mal was!

STANKOWEIT: Es grünt so grün, wenn Rudis Blüten blühen!

Ökologisches Handeln verlangt Opfer ...

RESCHKE *(betrachtet liebevoll seine Pflanzen)*: Ist sie nicht wunderschön, die Natur? ... Alles mein Werk! *(versonnen)* Es grünt so grün, wenn Rudis Blüten blühen!

STANKOWEIT: Das sag ich ja!

RESCHKE: Das gefällt mir! Es – grünt – so – grün, – wenn – Rudis – Blüten – blühen! Das hat Rhythmus, Wolle!

STANKOWEIT: Weeß ich!

RESCHKE: *(trommelt mit den Händen auf den Tresen)* Es grünt so grün, wenn Rudis Blüten blühen! *(Musik setzt ein)* Es grünt so grün, wenn Rudis Blüten blühen!

STANKOWEIT: Ich glaub, jetzt hat's ihn! Ich glaub, jetzt hat's ihn!

RESCHKE: Es grünt so grün, wenn Rudis Blüten blühen!

STANKOWEIT: Mein Gott, jetzt hat's ihn! Noch einmal, wann ergrünt dein Grün?

RESCHKE: Wenn die Blüten erblühen!

STANKOWEIT: Was macht das blöde Grün?

RESCHKE: Es grünt so grün!

STANKOWEIT, RESCHKE: Es grünt so grün, wenn Rudis Blüten blühen! Es grünt so grün, wenn Rudis Blüten blühen!

Kandidaten für das Bolschoiballett oder die Volkstanzgruppe des Seniorenheims?

Mitgerissen von der Musik, beginnen die beiden zu tanzen. Schließlich hält Stankoweit seine Zeitung wie ein rotes Tuch hin, und Reschke mimt den Stier. Der Tanz endet mit dem typischen »Olé!«; zusätzlich fallen beide auf die Knie und recken ihre Arme in die Luft. In den Beifall hinein kommt Mäßig.

MÄSSIG: Was ist denn hier los?!

STANKOWEIT: Ach nischt! Mir ham uns bloß gerade überlegt, ob wir zum Bolschoiballett gehen!

RESCHKE: Olé! *(bereut es sofort)*

MÄSSIG: Sie nimmt doch nicht mal die Volkstanzgruppe des Seniorenheims »Frohe Zukunft«!

Trickreiche Überzeugungsarbeit

STANKOWEIT: Das war sehr nett, Herr Mäßig!

Beide stehen mühsam auf, im Rücken sticht es.

MÄSSIG: Ich komme von der Postdirektion, mit einer guten und einer schlechten Nachricht!

STANKOWEIT: *(ahmt Reschke nach)* Oje!

MÄSSIG: Die schlechte Nachricht ist: Der Baum vorm Haus kommt weg!

Das ZDF-Morgenmagazin in Niederbörnicke – Maybrit Illner als Reporterin

RESCHKE: Der schöne alte Baum?

MÄSSIG: Und die gute: Dadurch ist dort endlich Platz für einen Parkplatz! Das heißt, ich ... Sie können dann Ihr Auto dort abstellen! Ich hoffe, das freut Sie!

STANKOWEIT: Nee! Ich komme mit dem Rad!

MÄSSIG: Typisch, Stankoweit! Sie denken wieder nur an sich!

RESCHKE: Was soll denn das werden? Überall nur noch Beton, Beton, Beton!

Mord-Lust

STANKOWEIT: Sogar schon in manchen Köpfen, Herr Mäßig!

MÄSSIG: Das ist der Fortschritt! Dagegen kann man nichts machen!

STANKOWEIT: Dann protestieren wir!

MÄSSIG: Sind Sie noch bei Troste, Herrschaften?! Wegen eines läppischen Baumes wegen wollen Sie protestieren?

STANKOWEIT: Das ist der Fortschritt! Dagegen kann man nichts machen!

MÄSSIG: Dann protestieren Sie meinetwegen, wenn Sie es nicht lassen können! *(ab in sein Zimmer)*

RESCHKE: Wolle, ich fasse es nicht! *(voller Rührung)* Unter seinen Zweigen habe ich das erste Mal meine Frau geküßt. – *(erbost)* Da kann man doch nicht so tun, als wäre nichts gewesen!

Mäßig reißt die Tür auf, besonders Reschke erschrickt.

MÄSSIG: Aber das eine sage ich Ihnen, wer hier protestiert, den sehe ich mir genau an! Ganz genau! Und dann könnte es sein, daß hier nicht nur ein Baum verschwindet, Herrschaften! Falls Sie wissen, was ich meine ...! *(zufrieden ab)*

RESCHKE: Ich glaube, ich habe meine Frau überhaupt nicht unter dem Baum geküßt.

STANKOWEIT: Rudi, begreifst du denn ni, daß der Baum wahrscheinlich nur die Spitze von äm Eisberg is? Wozu braucht'n plötzlich unser kleenes Postamt än Parkplatz? Kannste mir das ma erklärn?

RESCHKE: Vielleicht werden wir vergrößert?

STANKOWEIT: Da steckt was andres dahinter. Bloß was?

RESCHKE: Wenn ich es mir recht überlege, verdeckt der Baum auch unsere ganze schöne Fassade.

STANKOWEIT: Bitte! Dann protestierste ähm ni!

RESCHKE: Das hab ich ja gleich gesagt.

STANKOWEIT: *(startet einen Versuchsballon)* Aber dann, mei lieber Rudi, dann bist du o verantwortlich für die Klimakatastrophe hier in Niederbörnicke!

RESCHKE: Was denn für eine Klimakatastrophe? *(schon ziemlich verunsichert)* Du willst mir bloß angst machen!

STANKOWEIT: Überhaupt ni! Sieh ma, Rudi, ohne Baum, da kann dor die Sonne dann ungehindert den Beton offheizen! *(Reschke nickt)* Die Folge davon ist, na? Eine Erwärmung des Wetters in Niederbörnicke. Was über unserm Ort ein ... na?, ... ein Hochdruckgebiet auslöst. In Oberbörnicke aber, wo die Bäume stehen bleiben, da bleibt es ... na?, ... natürlich kalt. Also Tiefdruck. Und da sich Druck immer ausgleichen tut, fließt dann die Luft von Nieder- nach Oberbörnicke hinüber. Das heeßt, bei uns wird die Luft elende knapp! *(atmet ganz schwer)*

RESCHKE: *(läßt sich mit dem Atmen anstecken)* Das ist ja entsetzlich!

STANKOWEIT: *(schwer atmend)* Und darum müssen wir ähm was dagegen tun!

RESCHKE: *(schwer atmend)* Man könnte eine Mauer errichten zwischen Nieder- und Oberbörnicke!

STANKOWEIT: Rudi! *(schüttelt den Kopf)* Nee, mir müssen das Übel an der Wurzel packen, also den Baum!

(...)

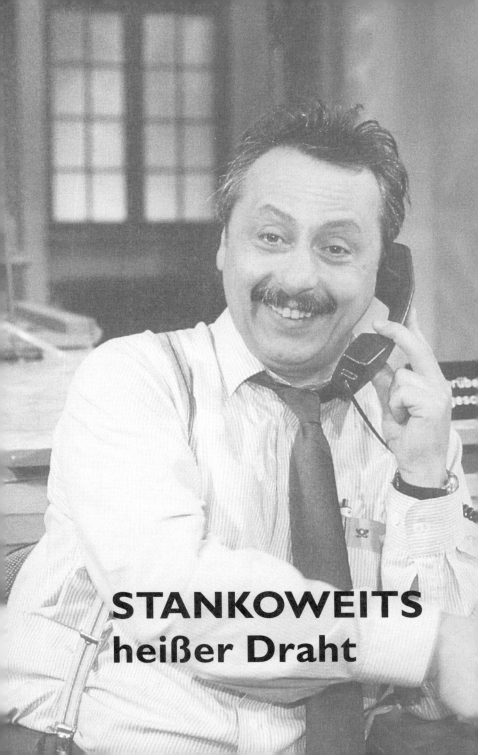

Helmut Kohl:
Am Macht-Apparat

Aus: »Die Vertretung« – Salto Postale,
2. Staffel, 6. Folge, Autor: Gunter Antrak

Ist dort das Bundeskanzleramt?
Ja, ich hätte gern Ihren Bürovorsteher gesprochen, den Herrn Kohl! – ...
Herr Kohl, meinen allerherzlichsten Glückwunsch! Sie hatten ja so recht mit den blühenden Landschaften im Osten! So recht!
Mir ham jetzt sogar schon Blüten im Postamt!
Übrigens, ich habe Ihren Parteitag in Hamburg verfolgt: Kohl-ossal!!
Aber eins versteh ich nicht, Herr Kohl: Sie wollen in Zukunft eine Politik ohne Bart machen? Wäre nicht eine Politik mit Verstand besser?
Ach, das ist Wahlkampf?
Verstehe, Sie stürzen sich in den Wahlkampf wie unser Goldjunge, der Weißpflog, in die Lüfte.
Bloß mit 'nem kleinen Unterschied, Herr Kohl: Der Weißpflog hat den sauberen Stil!
Haben Sie gerade die Abschlußfeier von Lillehammer gesehen im ZDF?
Ja?
Das wundert mich aber, wo Sie doch sonst die privaten Sender vorziehen. Ich verpasse da keine Sendung von Ihnen!
Aber ich bin da jedesmal so was von satt – kaum sind Sie dran: Tonstörung! Ich höre Sie zwar reden, aber nie was sagen. Und hör ich Sie was sagen, dann sind Sie nicht zu verstehn!
Hallo? Hallo? ... Sind Sie noch dran, Herr Kohl?
Wieso ist der plötzlich weg? Die Wahl war doch noch gar nicht?

Rudolf Scharping: Der Ersatz-Hörer

Aus: »Hoher Besuch« – Salto Postale, 3. Staffel, 6. Folge, Autor: Gunter Antrak

Herr Scharping, gut, daß Sie dran sind. Sie müssen mal ganz schnell in unser Postamt kommen. Ihr Erzfeind ist hier.
Dor ni der Schröder. Der Kohl.
Wenn der Sie sieht, haut der bestimmt ab.
Der sieht Sie sowieso ni?
Wieso sieht der Sie ni?
Ach, weil Sie so farblos sind ...
Wer könnte dem denn noch ä Schreck ...?
Die Grünen? – Nee, das wird ooch nischt. Hier ist nischt grün, nur alles gelb. So wie die FDP. Fehlen bloß noch die drei schwarzen Punkte.
Was?
Daß ich darauf ni gekommen bin. Vor Kommunisten haut der Kanzler ab. Sogar vor ehemaligen. Es sei denn, er ist grad in der Sauna, und die sprechen russisch.
Ach, Sie meinen, vor Problemen läuft er ooch davon: die Steuern, die Arbeitslosigkeit, die Kriminalität ... Wahnsinn!
Wäre da ni ne Große Koalition das beste – weil der Wahnsinn dann 'ne ausreichende Mehrheit hätte?
Ach, das kommt ni in Frage? Sie wollen allein regieren.
Machen Sie eigentlich 'ne richtsche Feier, wenn Sie die Macht ergreifen? Mit den allergrößten Entertainern – Liza Minelli, Frank Sinatra ... Gregor Gysi?
Oh, jetzt hat er vergessen, mich einzuladen ...

Angela Merkel: Schneller Anschluß

Aus »Der Baum vorm Haus« – Salto Postale, 4. Staffel, 1. Folge, Autor: Gunter Antrak

Ich wollte Ihnen noch gratulieren. Nee, ni zum Neuen Jahr, zu Ihrer Lohnerhöhung. Ach nee, das heißt ja bei Ihnen Diäten. Das kann ja gar ni Lohnerhöhung heißen, weil: Lohnerhöhung muß man sich ja durch Leistung erst verdienen ...
Warum ich anrufe?
Ich wollte Sie nicht beim Rummerkeln stören, aber hier soll ein Baum gefällt werden.
Ja, ein Baum aus Holz.
Ach, Sie wissen, was ein Baum ist?
Ich dachte nur, weil Sie in Bonn ä bissel den Bezug zur Realität verloren haben ...
Entschuldigung. Ich weiß, Sie tun viel für den deutschen Wald. Der hat es ooch bitter nötig. Der ist ja heutzutage so was von geschädigt. Früher, da ging man in den Wald und fand Erholung und Heidelbeeren und Pilze. Und was findet man heute? – Rumänen.
(Ein Arbeiter tritt auf.)
Ich muß mal kurz unterbrechen, aber Sie ham ja Zeit.
(Spricht mit dem Arbeiter.)
Soichbinjetztwiederda! Soichbinjetztwiederda!
Ar nee, Frau Merkel. Ich hab' gesagt: So-ich-bin-jetzt-wieder-da. Ich rede so schnell, weil mir die Räuber auf den Fersen sind.
Dor ni die Rumänen, die Telekom. Ein Wort zuviel, und die ziehn einem die Hosen aus. Und 's letzte Hemd ooch noch, weil der Computer sich verrechnet hat. Aber die tricks ich aus.
Wie? Nu, ganz einfach: Meine Familie zieht nach Amerika, und dann telefonieren wir nachts um dreie!

Was wird 'n nu mit userm Baum? Ach, Ihnen sind die Hände gebunden? Was denn, Sie arbeiten in Bonn mit zusammengebundenen Händen? Ach, das find ich ja toll. Den Trick muß Ihnen erst mal jemand nachmachen.
Was für 'n Trick?
Nu, die Regierung hat zusammengebundene Hände und schafft's trotzdem, uns das Geld aus der Tasche zu ziehen.
Was, solche Unterstellungen machen Sie wütend?
Or, Frau Merkel, wenn Sie wütend sind, sehen Sie bestimmt noch besser aus.
Jetzt hat se aufgelegt. In den Frauen soll sich eener auskennen.

Claudia Nolte:
Teilnehmer unbekannt ...

Aus: »Kurz vor Sex« – Salto Postale, 3. Staffel, 3. Folge, Autor: Gunter Antrak

Hallo? – Ich möchte Frau Nolte sprechen! Frau Nolte!! Die Ministerin für Frauen, Ehen und andere Katastrophen. Die müssen Sie doch kennen! Frau Nolte ist mit ihren 27 Jahren die jüngste Ministerin bei Kohl. Was heißt hier viel zu jung?! Sie hat mit ihren 27 Jahren schon jetzt das geistige Niveau der meisten Regierungsmitglieder. Und sie ist genauso konservativ wie der Kanzler. Beide sind von gestern ...
... bis heute ihren Ansichten treu geblieben!
Dämmert's jetzt? Frau Nolte kommt aus Thüringen.
Genau, wo auch die Thüringer Klöße herkommen. Man kann natürlich Frau Nolte nicht mit den Klößen vergleichen. Thüringer Klöße haben schließlich einen guten Geschmack.
Ham Se's jetzt?
Das ist die Ministerin, die sich so anzieht wie 'ne stellvertretende Aushilfskraft bei 'ner Landpoststelle.
Dor ni die Merkel! Ham Sie was gegen Frauen aus dem Osten?
Ihnen sind solche Frauen wie die Claudia Schiffer lieber? – Was man ni im Koppe hat, hat man in den Beinen! Frau Nolte hat natürlich keine Beine. Ich meine, die zeigt sie nicht so in der Öffentlichkeit ..., weil sie nämlich strenge Katholikin ist. Aber das würd' ich an Ihrer Stelle ni weitererzählen, die Kirche hat schon genug Austritte.
Wissen Sie immer noch ni, wer Frau Nolte ist?
Das ist die, die so gegen die Abtreibung ist, obwohl die meisten Frauen dafür sind. Aber Frau Nolte hat ähm ein ausgeprägtes Rechtsbewußtsein. Und rechts zählt der gesunde Frauenverstand ähm nich. Ham Se's jetzt? Immer noch ni? Also, wenn die niemand kennt, da frage ich mich doch ernsthaft, warum so eine Frau Minister geworden ist?

Theo Waigel: Spartarif

Aus: »Das Reisebüro« – Salto Postale,
2. Staffel, 1. Folge, Autor: Gunter Antrak

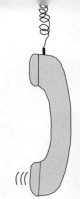

Ja, ist dort der Herr Waigel? Der Finanzminister?
Herr Waigel! Grüß Gott!
Ich hab da ma 'ne Frage – 'ne, nie wegen Geld. Da würd ich doch ni Sie, sondern en Fachmann anrufen!
Ich frage Sie als Bayern: Sind bei Ihnen alle Frauen so – wie die Alpen?
Ein imposanter Anblick, aber ständig Lawinengefahr.
Ach, Sie haben keine Zeit – das Fernsehen wartet?
Sagen Sie ma, spielen Sie noch in der Serie mit, die immer aus Bonn übertragen wird? Hier ... äh ... Pleiten, Pech und Pannen.
Nie davon gehört?
So? Nu ja, jedenfalls grüßen Sie Ihre Regierungskollegen recht schön.
Ich finde das ja toll, wie Sie alle sparen: an Geld, an Personal, an Geist ...
Aber manchmal tricksen Sie auch ganz schön, hä?
Nee? Wirklich ni?
Aber Herr Waigel, wie soll ich Ihnen denn auf die Finger schauen, wenn Sie Ihre Hände ständig in fremden Taschen haben?
Hauptsache, Sie lassen sich ni erwischen.
Na ja, aber wenn Sie dann in Bonn rausfliegen, vielleicht hilft Ihnen dann so 'ne neue, private Arbeitsvermittlung mit 'nem Job.
Werden Sie eben Maler, das Streichen beherrschen Sie ja.

Wolfgang Schäuble wählt

Aus: »Kleines Haus am Wald« – Salto Postale,
4. Staffel, 5. Folge, Autor: Gunter Antrak

(Das Telefon klingelt.)
Ja, hier Stankoweit, Postamt Potsdam-Niederbörnicke ...
Was denn, Sie, Herr Schäuble? Ham Sie falsch gewählt?
Ach nee, falsch wählen tun ja nur wir.
Was? Wann ich endlich aufhöre, den Politikern auf den Wecker zu fallen?
Ganz einfach, Herr Schäuble, wenn die endlich aufwachen!
Und auf der F.D.P. hab ich überhaupt ni rumgehackt. Nie! Die sind doch inzwischen so wenig, die würd ich gar ni treffen!
Natürlich finde ich das toll, daß die F.D.P. nächstes Jahr den Solidaritätszuschlag kürzen läßt. Schade bloß, daß die das nicht mehr erleben.
Und gegen die Regierung hab ich o nie was gesagt! Weil die doch nur unser Bestes wolln – unser Geld!
Mir wern zwar übern Tisch gezogen, aber das kann man überhaupt ni mit früher vergleichen. Heute sind doch die Tische viel scheener!
Ich weiß, Sie ham 'ne reine Weste.
Nee, nee, und in der Regierung wird auch nicht gelogen! Lügen ist bei Ihnen ja nicht Jauch, äh Brauch.
Ich soll lieber mal die Opposition aufs Korn nehmen?
Ich bin doch kee Theaterkritiker!
Ja, Theater! Die SPD probt doch schon seit Jahren »Viel Lärm um nichts«!
Übrigens, die Koalition will das Stück jetzt ooch rausbringen, allerdings unter dem neuen Titel »Aktionsprogramm für Arbeit«.

Jetzt hat er aufgelegt.

Birgit Breuel: Gestörte Verbindung

*Aus: »Kommen und Gehen« – Salto Postale,
3. Staffel, 1. Folge, Autor: Gunter Antrak*

Jetzt brauch ich ä bissel Trost und Hilfe.
Ist dort Frau Breuel, verwitwete Treuhand?
Entschuldigen Sie, aber ich muß mal mit jemandem reden, dem's genauso geht wie uns hier.
Sie ham ja ooch Ihre Arbeit verlorn.
Ich seh Sie noch vor mir, wie Sie das Treuhandschild abgeschraubt ham, mit Tränen in den Augen. Wahrscheinlich, weil Ihre Leute alles Wertvolle schon beiseite geschafft ham. Ich sag's ja: treue Hände, aber lange Finger!
Sagen Sie mal, stimmt das, daß Sie Aufenthaltsverbot für sämtliche Gebirge gekriegt ham?
Nu, weil Sie alles, wo Sie hinkommen, plattmachen!
Das is 'ne Verleumdung?
Dacht ich mir. Sie ham ja eigentlich nur Erfolge gehabt mit der Treuhand. Um nur mal ä Beispiel zu nennen ...
Hat jemand mal ä Beispiel?
Ich hab eins: Sie ham die kranken DDR-Betriebe in die Marktwirtschaft überführt. Bloß schade ähm, daß die meisten Patienten dabei gestorben sind!
Sind Sie noch dran? Hallo!!
Jetzt isse verschwunden, die Frau Breuel, mit ihrer Treuhand. Schade, daß ihr das ni schon vor Jahren eingefallen is!

Otto Graf Lambsdorff: Lange Leitung

Aus: »Rin in die Kartoffeln – raus aus die Kartoffeln« – Salto Postale, 4. Staffel, 6. Folge, Autor: Gunter Antrak

Herr Graf ... Lambsdorff, Sie wissen doch immer alles ...
... besser.
Hier, unser altes Postamt soll weg, und da ...
Was, alles Alte, Uneffektive muß weg?
Herr Graf, ich rede von unserem Postamt, ni von der F.D.P.!
Ach, um den Standort Deutschland zu retten, müssen wir uns von allen Alten ganz schnell trennen?
Da ist das wohl Absicht, daß das mit der Pflegeversicherung so schlecht funktioniert?

(Rudi, jetzt schimpft der aber!)

Herr Graf, ich hab gehört, der geplante Magnetzug von Hamburg nach Berlin wird o ä Pflegefall. Aber wenn schon. Wenn der stirbt, kommen wir wenigstens ins Guinnessbuch der Rekorde. Mir ham dann zwar ni den schnellsten Zug der Welt, aber das teuerste Grab der Geschichte.
Ganz recht! Deutschland darf den Anschluß nicht verpassen!
Damit wir weiter ins Ausland exportieren können. – Vor allem unsere Arbeitsplätze!
Dafür tragen dann bei uns die kleenen Chinesen die Post aus. Aber ich glaube ni, daß das funktioniert! Die Kosten sind zwar niedrig, aber die Briefkästen sind zu hoch!
Ach so! Jeder in Deutschland muß zurückstecken! Das ist gerecht!
Bei uns schafft man die Jobs ab und bei Ihnen die Vermögenssteuer.

Jetzt hat er aufgelegt.

»Der Preuße ist im Prinzip
ein umgänglicher Mensch,
vorausgesetzt, er stammt
aus Sachsen.«
(Wolfgang Stankoweit)

MÄSSIG:
»Merken Sie sich ein für allemal, Stankoweit: Die Deutsche Bundespost war, ist und bleibt ein seriöses Unternehmen! Wenn wir aus finanziellen Gründen gezwungen sind, einem Reisebüro in unserem Postamt Unterschlupf zu gewähren, so bedeutet das noch lange nicht, daß wir uns auf dessen Niveau hinunterziehen lassen.«
(Aus: »Fliegen haben kurze Beine« – Salto Postale)

STANKOWEIT:
»Frau Velten! Ich möchte Sie als amtierender Amtsleiter des Postamtes Potsdam-Niederbörnicke dringend ersuchen, meine Mitarbeiter im speziellen und Herrn Reschke im allgemeinen in Ausübung seiner Amtspflichten in Ruhe zu lassen!«
(Aus: »Die Vertretung« – Salto Postale)

»Japan ist schön, aber Niederbörnicke ist Heimat.« (Aus: »Neues Management« – Salto Postale)

Gert Burkard als Fliegenforscher Professor Schulze-Schmargendorf

Helen Vita als Mäßigs Schwiegermutter, Erich Schwarz als Boto von Blasewitz
atrice Richter als Reisebüro-Chefin Franziska Velten

Eddi Arent und Herbert Feuerstein

S. 8/9:
Der Regisseur Franz Josef Gottlieb dirigiert seine Postler.

Gunter Antrak als Klatschbier

Günter Böhnke als Penner

Franziska Troegner als Briefträgerin Carmen Hubsch

Horst Krause als Holzfäller

Stankoweits liebste Kundin: die gute Frau Kaiser (Christel Peters)

»Rudi, du mußt wieder unter meine Fittiche.
Du bist alleene dem Leben
in der Freiheit ni gewachsen.«
(Aus: »Der neue Job« – Salto Kommunale)

»Mein Gott, ist das wieder ä Streß:
Mit den Kowalskis Niederbörnicke retten,
Reschke 'ne Stelle verschaffen
und bei der Schikaneder uffpassen,
daß die ni den Falschen einstellt.«
(Aus: »Der neue Job« – Salto Kommunale)

oben v.r.n.l.:
Wolfgang Stumph mit
Angelika Milster, Andrea Meissner
und Harald Effenberg

rechte Se
Wolfgang Stumph r
Angelika Milster, Achim Wo
und Hans-Jürgen Sch

»Ich hab gewarnt.
Aber wenn keener uff mich hört ...«
(Wolfgang Stankoweit)

Klaus Töpfer: Ortsgespräch

*Aus: »Bau auf – Reiß ein« – Salto Postale,
3. Staffel, 4. Folge, Autor: Gunter Antrak*

Ist dort Herr Töpfer? Hallo!
Ham Se sich schon eingelebt als Bauminister? Is ja kaum ä Unterschied zu Ihrem Job als Umweltminister: damals ham Se die Umwelt vor uns geschützt, heute schützen wir die Umwelt vor Ihnen.
Aber Ihre Nachfolgerin ist Spitze. Frau Merkel erinnert mich immer irgendwie an die Umwelt: sie ist auch überfordert. Aber wer ist das ni? Manche ham's damit schon zum Kanzler gebracht.
Herr Töpfer, was macht denn so der Bau?
Der boomt. Die Bauwirtschaft ist die Konjunkturlokomotive. Ham Sie Lokomotive gesagt? Da ist es ja kein Wunder, daß man die Mieten ni mehr einkriegt. Wenn ich mal indiskret sein darf: Wieviel Miete bezahlen Sie denn eigentlich in Bonn?
Gar nischt? Sie kriegen noch ganz schön was raus? Oh, nee! Wie machen Sie denn das? Ach, nu klar, Sie ham ja gar keine Wohnung mehr. Sie ziehn ja ständig seit vielen Jahren nach Berlin um. *(legt auf)*

Ach du meine Güte, da hab ich doch vergessen, daß ich mich über den Bau beschweren wollte ...

Günter Rexrodt:
R-Gespräch

Aus: »Neues Management« – Salto Postale,
2. Staffel, 4. Folge, Autor: Gunter Antrak

... hab ich ooch noch ni gehört, daß man Liebling zu seinem Wirtschaftsminister sagt! – *(er wählt)*

Ja, ich möchte den Wirtschaftsminister sprechen. Ja, den Herrn Rexrodt. Hallo, Liebling! – *(absterbendes Lachen)*
Entschuldigung, war nur ä Witz. Oh, Sie halten nischt von Witzen. Warum erzählen Sie uns denn dann, Sie sehen Licht am Ende des Tunnels?
Ach so, Sie ham verkehrt rum im Tunnel gestanden! – Oder war's etwa ä entgegenkommender Zug?
Mal unter uns, Herr Minister, Sie dürfen ooch ni immer so über Ihre Brille gucken. Merkt doch jeder: Sie blicken nicht durch. Ich versteh das natürlich. Sie war'n doch früher bei der Treuhand. Und da war das ja Bedingung.
Was sagen Sie überhaupt zu den vier Millionen Arbeitslosen?
Ein entsetzliches Drama!
Aber wenn Sie das Drama so entsetzlich finden, wieso spielen Sie 'n da die Hauptrolle?
Ach, ich seh das falsch? – Als Wirtschaftsminister sind Sie für den Rahmen verantwortlich! Und das Wichtigste ist der Rahmen!
Haben Sie recht! – Ich hab mir jetzt mal die Mona Lisa angeguckt. Das Bild können Sie vergessen. Aber der Rahmen ...!!!
Sagen Sie mal, die Japaner kurbeln doch jetzt ihre Wirtschaft an. Können wir uns da nischt abgucken? Ach so, nee, das geht ja ni! Die Japaner sind uns doch sieben Stunden voraus, und da schläft unsere Regierung ja noch!

Wolfgang Bötsch: Was aufgeben ...

14. Verleihung des Deutschen Fernsehpreises TeleStar, November 1997 in Köln, Autoren: Gunter Antrak/Wolfgang Stumph

(Telefon klingelt)
Hier ist Stankoweit, ehemals Postamt Niederbörnicke! ... Wer ist dort?
... Minister Bötsch? Noch nie gehört!
Ach, der Postminister!
Unser Postamt hat zu! Für immer! Die paar Leute hier, die wollen nur noch schnell was aufgeben!
Wer was aufgeben will?
Nu zum Beispiel der Herr Thoma »Schreinemakers live«, Thomas Gottschalk die »Hausparty«, die ARD das »Privatfernsehen« ... Es gibt sogar welche, die wollen ihr gutes Niveau aufgeben ...
Entschuldigen Sie nur noch mal, daß ich Sie nicht gleich erkannt habe. Sie sind ähm ni so bekannt wie die andren Minister, der Blüm oder der Waigel zum Beispiel!
Wissen Sie, an wen mich Ihre Ministerkollegen immer erinnern? An die Mercedes A-Klasse! Die kippen auch laufend um! Mit än kleinen Unterschied: Ein Minister kann umfallen, so oft er will, aber passieren tut dem nichts! Außer Ihnen! Ihr Postministerium wird ja geschlossen, und Sie wärn arbeitslos! Sie tun mir leid! Denn was arbeitslos sein heißt, kann ja nur der ermessen, der schon mal gearbeitet hat!
Mein Postamt in Niederbörnicke hat auch zugemacht. Aber meine Uniform hab ich noch. Ich häng doch so am Alten!
Nicht am Bundeskanzler! An meinem alten Arbeitgeber, der Post! Der baut ja in letzter Zeit ganz stark ab!
Nicht der Bundeskanzler, mein Arbeitgeber, die Post! Drum sehe ich auch für die Zukunft schwarz!

Nicht für den Bundeskanzler, für mich! Ich bin deshalb auch gleich zum Arbeitsamt hin wegen än neuen Job! Aber die ham gesagt, ich soll mich hinten an die Schlange anstellen! Als Nr. 2.398.573! Das ist so weit hinten, da kann's passieren, Sie stehen als letzter bereits im Ausland! Aber ich hab Glück gehabt, ich befand mich noch auf deutschem Boden ..., auf Mallorca! Kennen Sie Mallorca?
Bloß vom Fernsehen?
Was? Da ham junge Männer gesoffen und rechte Parolen gebrüllt? Vielleicht war das gar kein Fernsehen von Mallorca, sondern ä Video von der Bundeswehr!
Apropos Fernsehen! Ham Sie auch schon gehört, was jetzt aus dem Fernsehen wärn soll? Nur noch *(ganz schnell gesprochen)* Pay-TV! ... Pay-TV!
Sie verstehn ni? Ich meine Pay-TV, Bezahlfernsehen!
Warum ich das ni langsamer sagen kann? Was denken Sie denn, was das alleine kostet! *(schnell)* Pay-TV! Am schlimmsten wird das ja bei den Grundnahrungsmitteln, ich meine, beim Fußball! Nur noch 90 Sekunden soll man kostenlos den Ball sehen dürfen! Das ist ja schlimmer als bein Hotel-Videos! Da sind nicht nur zwei Minuten umsonst, da kann ich sogar mehrere Bälle auf einmal sehn!
Ach, das ist Sache der Länder-Ministerpräsidenten!
Ja, aber da hat man ganz schön den Beck zum Gärtner gemacht! Die tun doch nur zum Schein in den Paragraphen rumstoibern, um dann doch früher oder schröder alles zu unterschreiben! Was hat denn unsereiner noch?! Nischt!!! Selbst den »TeleStar« wolln die abschaffen! Ich hab den immer gerne geguckt! Obwohl's da sehr ungerecht zuging: Es ham ihn immer mehr verdient als ihn gekriegt ham! Aber es hat ja jedes Haus bald seinen eigenen Preis, RTL den »Goldenen Löwen«, Burda den »Bambi«, der mdr die »Goldene Henne« ... Nur Sat 1 hat noch keinen. Der muß erst noch ausgekogelt wärn! Aber eins ist sicher, verliehen wird der ni im Maritim hier, sondern draußen am Kirch-Hof!
Sie ham keine Zeit mehr? Warum denne?
Ach, Sie wolln den »TeleStar« gucken! Das kann ich verstehen! Auf Wiedersehen, Herr Bötsch!

Am Anfang: Nur ein bißchen Spaß

Gedämpfte Erwartungen und glatte Bauchlandung

»... seit dem doppelten sensationellen Kinoerfolg von ›Go Trabi Go‹ und ›Das war der wilde Osten‹ kommt man an ›Stumpi‹ auch im Westen nicht vorbei, auch wenn man sich dabei alle Mühe gibt ... Doch während man Stumph im Osten anerkennend auf die Schulter klopft, hat der Sachse im Westen nur geringen Wiedererkennungswert.«
Thomas Lüders, Offenbach Post, 21.4.1993

*

»Nach dem enttäuschenden Abschneiden von ›Bistro Bistro‹, der ›deutschen Sitcom‹, probiert das ZDF ein neues Zwischending: die Kurzkomödie. Erstes Angebot ist ›Salto Postale‹..., Platzhirsch der Kabarettist und Schauspieler Wolfgang Stumph ... Der Ost-Postler ein Anti-Motzki? ZDF-Unterhaltungschef Wolfgang Neumann weist das entschieden zurück: ›Ist ganz anders angesiedelt. Wir wollen nur ein bißchen Spaß machen. Das Lachen steht im Vordergrund.‹ «
Neue Presse, Hannover, 27.4.1993

*

»Was haben wir uns wieder abgelacht! Gesamtdeutsches Schenkelklopfen mit einem nölend-nervenden Sachsen und einem West-Besetzer namens Mäßig. Wenn das nicht ankommt! Ein paar Spitzen gegen die Politik, brav-bieder von Wolfgang Stumph abgeliefert, sollen Anspruch vermitteln, wo nur Klischees bedient werden. Miefige Antwort auf Motzki.«
meb, Gong, Nr. 20/1993

»Von Salto kann keine Rede sein, allenfalls von ein paar kabarettistischen Bodenübungen. Wolfgang Stumph ist der einzige Vollblut-Komödiant in diesem Sitcom-Schmierentheater, und fast im Alleingang setzt er vor lach- und klatschbereitem Studiopublikum gezeigten Sketchen ein paar sächsische Glanztöne auf.«
Max Callsen, Berliner Morgenpost, 9.5.1993

»Darüber hinaus ist die neue ZDF-Serie eine jener kolossal komischen Einrichtungen, in denen sich, wer mag, am laufenden Band über Frauen und andere Minderheiten lustig machen kann. ›Salto Postale‹ hat uns also gerade noch gefehlt.«
Tilmann P. Gangloff, Südkurier, Konstanz, 10.5.1993

*

Die Schwaben im Zwiespalt

»Der faule Postler, das mannstolle Weibsbild, der Pantoffelheld – nichts als olle Klischees. Wenn wenigstens so ein richtiger krachlederner Charakter dabei wäre. Doch Ex-DDR-Kabarettist Wolfgang Stumph ist ein Sachse ohne Zähne.«
Christiane Binder, Stuttgarter Nachrichten, 10.5.1993

»Wenn die nächsten fünf Teile das Versprechen des Auftakts halten, lassen sich Kabarettfreunde genüßlich über diesen Amtsschalter ziehen.«
bo, Stuttgarter Zeitung, 10.5.1993

*

In Bayern kurz und knapp

»Ein bisserl frech, ein bisserl kritisch, manchmal zum Kugeln. Aber nicht zum Salto schlagen.«
TZ München, 10.5.1993

*

»Potsdam zum Beispiel – ein Mainzer Vorort wie er singt und lacht.«
Wilfried Geldner, Süddeutsche Zeitung, München, 10.5.1993

»Die Komik hält sich in Grenzen.«
Ponkie, Abendzeitung, München, 10.5.1993

*

»Manches daran kann vielleicht ganz amüsant gewesen sein, es war aber kaum verständlich, da ein eingeblendetes Publikum auch den kleinsten Wortwitz zielstrebig zerlachte.«
Effi Horn, Münchner Merkur, 10.5.1993

In Sachsen: Kein Heimspiel

»Für das Kabarettistenteam schrieben die Autoren Inge Ristock und Gunter Antrak flotte, aktuelle Bonmots, die sich zügig sprechen und spielen lassen. Auf freundliche Art schlagfertig, gemütlich-gewitzt, so kommen die Gags einher ..., kräftiger Biß freilich ist selten.«
Therese Gratzmüller, Leipziger Volkszeitung, 10.5.1993

*

»In den einzelnen Szenen stimmt das Tempo, sitzen die Pointen. Nur die verbindende, durchgängige Handlung wirkt ungekonnt ... So ganz kamen die Autoren Inge Ristock und Gunter Antrak wohl mit dem Serienmetier nicht zurecht ...«
Monika Dänhardt, Sächsische Zeitung Dresden, 10.5.1993

»Das war ja nun, nach einem vielversprechenden Start, über fünf weitere Folgen eine herbe Enttäuschung. Inge Ristock und Gunter Antrak sind renommierte Kabarett-Autoren, aber hier müssen sie mit links gearbeitet haben. Kabarett war das nicht, ein richtiger Schwank aber auch nicht, manchmal einfach Nonsens und ungekonnte Klamotte ... Wolfgang Stumph war einfach ›Stumphi‹, ein paar Gags, aber ansonsten einschichtig.«
Alexander Bauer, Sächsische Zeitung Dresden, 14.6.1993

*

Preußen und Badenser im Gleichklang

»Der Deutsche und der Beamte, das sind für manche keine Gegensätze, sondern Entsprechungen in Geist und Seele. Das richtige Holz also für einen Kabarettisten wie Wolfgang Stumph ... Es geht recht munter zu in seinem Amt, auch wenn uns manchmal scheinen möchte, der Realismus überträfe die Realität noch ein wenig an Grausamkeit. Aber das macht nichts. Denn erstens wird handfeste Unterhaltung geboten und zweitens ist die Sendezeit spät genug, um bei Nichtgefallen selig in den verdienten Schlaf hinüberzudämmern.«
Hans von Altona, Der Tagesspiegel, Berlin, 9.5.1993

»Endlich hat es eine Drehbuchautorin geschafft, ein aktuelles Thema locker aufzubereiten und die deutsch-deutsche Gegenwart humorvoll aufzuarbeiten. Inge Ristock scheint eine brauchbare Alternative zu Wolfgang Menges unsäglichem ›Motzki‹ bieten zu können.«
bawa, Badische Neueste Nachrichten, 10.5.1993

*

»So geht es eine halbe Stunde lang, mit treffsicher witzigen Dialogen, schlagkräftig gezeichneten Typen, mit Situationen, über die man wirklich lachen kann und noch etwas mehr. Wenn das so anhält, ist dem ZDF mit ›Salto Postale‹ endlich mal ein echtes Comedy-Knüllerchen gelungen.«
P.B., Neue Presse, Hannover, 10.5.1993

In seltener Eintracht:
Das große Feuilleton und das breite Publikum

»Was ›Motzki‹ vergeigte, schafft ›Salto Postale‹: Hier lacht man über die Ostmisere, die Westallüre und den ganzen Krampf, hier knallen und schmerzen die Pointen nicht, sondern tümeln sachte und kommen doch an ... Das ist alles nicht großartig geistreich und schon gar nicht neu, aber es kalauert lieb, wert, volkstümlich und wirklich lustig vor sich hin, und es überzeugt durch die Art, in der es geboten wird

... Niemand versucht in ›Salto Postale‹, amerikanisches Tempo oder britische Bösartigkeit zu kopieren; hier holt man nur aus Potsdam raus, was drin ist, mit einfachen Mitteln und zur diebischen Freude, und ob man's glaubt oder nicht, es funktioniert.«
Barbara Sichtermann, Die Zeit, Hamburg, Nr. 20/1993

*

Die Einschaltquoten

Folge	Haushalte	Zuschauer/Millionen	Marktanteil
Der Einschreibebrief (7.5.93)	10%	4,35	20,1%
Der Postraub (14.5.93)	6%	2,47	12,1%
Dienst nach Vorschrift (21.5.93)	10%	4,13	19,9%
Die Inspektion (28.5.93)	9%	4,07	20,6%
Das geheimnisvolle Paket (5.6.93)	9%	4,01	20,0%
Die Versetzung (11.6.93)	8%	3,27	17,6%

Zwischenspiel: Droht nach der 2. Staffel schon das Aus?

Presseschelte und ein paar Streicheleinheiten

»Leider bringt auch der erneute Versuch, auf dem Bildschirm deutsch-deutsche Befindlichkeiten humorvoll darzustellen, gar nichts Neues. Daß dies ausgewiesenen Kabarettautoren zum wiederholten Male nicht gelingt, scheint mehrere Ursachen zu haben. Zum einen, daß man sich entscheiden muß, was man eigentlich will: Kabarett oder Blödelei oder nur ›heitere Geschichten‹, wie es im Untertitel heißt. Aber dafür sind möglicherweise die Themen zu ernst und für zu viele Zuschauer hautnah erlebte Realität, daß man darüber (heute?) schon blödeln kann.«
Manfred Anders, Sächsische Zeitung, Dresden, 25.1.1994

*

»Der Beginn der neuen Staffel dieser Serie verdient ... nur das Prädikat mittelmäßig. So eine platte Bemerkung ist schon er-

laubt angesichts einer Reihe, die billige Wortwitze und Situationen ständig zum Lachen findet ... Doch am Text hätte man nicht so sparen sollen. Mit ihm hatten die Darsteller keine Chance, sich über die Ebene belanglosen Klamauks hinauszuspielen. Unempfindlich für alle Mängel spendierte das ZDF eine gute Sendezeit. Salto fatale.«
Peter Dressen, Hamburger Abendblatt, 25.1.1994

*

»Die Sachsen sind wieder im Kommen! ... Obwohl die Serie im vergangenen Jahr trotz mieser Sendezeit (freitags nach zehn) stets vier Millionen Zuschauer anlockte, verbannt das ZDF die zweite Staffel nun auf den Sonntag gleiche Zeit. Doch Ausharren lohnt! ... geschliffenes Kabarett ..., Wortwitz statt Kalauer, Andeutungen statt Klamauk und intelligente Pointen lassen die 30 Minuten in keiner Sekunde zur albernen Komödie verkommen. Also kein böses Wort mehr über Sachsen.«
Björn Wirth, Berliner Zeitung, 25.1.1994

*

»Auch in der 1. Folge der neuen Staffel ... war überwiegend kindischer Klamauk angesagt. Allein das fingierte Waigel-Telefonat bot Satirisches.«
Thomas Hübner, Leipziger Volkszeitung, 25.1.1994

*

»Eine ZDF-Sitcom, in der sich eigentlich jeder danebenbenimmt. Schläge mit dem Holzhammer statt feiner Satire und Ironie ... Klamotte statt Komik – Deutschland vereint sich im Schenkelklopfen.«
F.F. dabei, Nr. 10/1994

*

»Was ist denn da passiert? Hatte man nicht erst vor einem halben Jahr ›Salto Postale‹ als wirklich witzigen, als endlich einmal gelungenen Unterhaltungsbeitrag zum Thema deutsch-deutsche Vereinigung begrüßt? Nun aber ... mit dümmlichen Kalauern und albernen Übertreibungen auf unterstem Biertischniveau, ohne Witz, Pfiff und Tiefenschliff. Schade, läßt sich nur seufzen ... Es reichte eben nur für eine Staffel. Und dabei hätte man es belassen sollen.«
P.B., Neue Presse, Hannover, 1.2.1994

Ein Sachse trotzt der Presse

»Comedy ist Humor auf dem kleinsten gemeinsamen Nenner: Sie muß, wie diese ZDF-Zumutung, hart an der Grenze zur Debilität siedeln, damit auch der letzte Schusselige über einen noch Schusseligeren lachen kann. ... Der sächsische Kabarettist Wolfgang Stumph hat als einziger sofort verstanden, daß um gesamtdeutsch zu reüssieren, man dem Westler den Ost-Trottel liefern muß.«
Michael Burucker, Der Tagesspiegel, Berlin, 1.3.1994

*

»Durch Stumpi hätten sie das Sächsische lieben gelernt, erzählten mir Westkollegen. Durch den Dresdner habe der Dialekt den bitteren Geschmack verloren, den ihm DDR-Grenzer verpaßten. Kann es sein, daß die ZDF-Comedy-Reihe ›Salto Postale‹ mit Wolfgang Stumph als Frontmann mehr für die Einheit tat als manche lange Rede? ... Manchmal driftet die Kurzserie betulich ins Allgemein-Menschliche ab. Dennoch gibt es zur Zeit keinen Dramatik-Beitrag, in dem Zeitgeschehen so sympathisch, so stimmig abgestempelt wird.«
Irma Zimm, Berliner Kurier, 17.1.1994

»Was ›Trotzki‹ mangels Witz nicht schafft, das kriegt ›Salto Postale‹ auf der kabarettistischen Klamottenschiene hin: Weil der Tür-auf-Tür-zu-Klamauk ... mit simpler, zielsicherer Possenbiederkeit in die getretene Heimatseele klatscht.«
Abendzeitung, München, 25.1.1994

*

»Wolfgang Stumph bringt als ›Wessi-geplagter‹ Postmeister Stankoweit regelmäßig rund 7 Millionen Deutsche zum Lachen – in Ost und West! BILD meint: Weiter so, Herr Stumph! ›Motzkis‹ und ›Trotzkis‹ können bei Ihnen noch lernen!«
BILD, Berlin, 28.2.1994

*

»Die Postler um Hauptdarsteller Wolfgang Stumph alias Wolfgang Stankoweit haben Grund zur Freude, denn trotz des späteren Abends verfolgten bisher durchschnittlich 6,7 Millionen Zuschauer die lustigen deutsch-deutschen Alltagsgeschichten. Damit ist ›Salto Postale‹ die derzeit erfolgreichste deutsche Sitcom-Produktion.«
ZDF-Pressemitteilung, 24.2.1994

Die Einschaltquoten

Folge	Haushalte	Zuschauer/Millionen	Marktanteil
Das Reisebüro (23.1.94)	11%	5,09	18,9%
Das Dienstjubiläum (30.1.94)	17%	7,36	28,3%
Fliegen haben kurze Beine (6.2.94)1	9%	8,49	32,5%
Neues Management (13.2.94)	11%	5,19	15,5%
Blüten im Amt (20.2.94)	13%	6,19	20,1%
Die Vertretung (27.2.94)	16%	7,38	24,2%

Fortsetzung: Der Quotenkönig kriegt sie alle

»Vor knapp zwei Jahren setzte kaum noch einer einen Pfifferling auf diese Serie ... Und heute? Was Flop werden konnte, läßt die Mainzelmännchen mit stolzgeschwellter Brust sprechen. Meistgehörter Satz: ›Hab ich doch gleich gesagt.‹ ... Trotz allem: Das ZDF hat Schwierigkeiten mit seiner Hitserie. Der Unterhaltungschef hat sie als ungeliebtes Stiefkind übernommen – sie wurde noch von seinem Vorgänger ins Programm gehoben. Daran mag es auch liegen, daß das Postamt nach der nächsten Sendung ein Jahr geschlossen wird. ... Schade! Denn so ein Stück bringt allen Vereinigungsgeschädigten mehr als alle ›Trotzkis‹, ›Motzkis‹ und ›Wir sind auch nur ein Volk‹ zusammen.«
H. Stellmacher, BZ am Sonntag, Berlin, 5.2.1995

*

»Was am Anfang den Weg all der gescheiterten Versuche zu nehmen drohte, eine Ossi-Wessi-Komödienreihe zu installieren – nämlich ein jähes Ende bereits nach wenigen Folgen –, mausert sich zum Dauerbrenner. Woher dieser unerwartete Erfolg?

... Was Stumphs ›Go Trabi Go‹ auszeichnete, war die feine Ironie, die kleine Geste, über die man sich ausschütten konnte vor Lachen. Bei ›Salto Postale‹ geht es derber zu ... Alles politisch erfreulich unkorrekt, doch das wird Tugendwächter kaum auf den Plan rufen, weil dem Ganzen die raffinierte Spitze fehlt, die zwar sticht, aber eben gute Satire ausmacht. Und das ist wohl das Erfolgsgeheimnis der Serie: Ein bißchen ernst, ein wenig lustig, auch kritisch, aber ohne weh zu tun, nicht gut, nicht schlecht – eben Mäßig.«
Thomas Hübner, Leipziger Volkszeitung, 10.1.1995

*

»Der Postamt-Humor kam teilweise zwar noch etwas dünn daher, wußte aber durchaus zu gefallen. Fazit: Keine blauen Briefe für die Amtmänner Stankoweit, Mäßig und Reschke.«
Sven Töllner, Hamburger Morgenpost, 10.1.1995

*

»Wenn Wolfgang Stumph als Postler Stankoweit auf Sendung ist, wird er zum Straßenfeger. Denn: Seine Einschaltquoten sind gigantisch: Bis zu 46% Marktanteil schafft er im Osten, bis zu 30,6% im Westen ... Den Witz neu erfunden haben Wolfgang Stumph und sein Freund und Autor Gunter Antrak zwar auch nicht. Aber sein direkter, oft doppelsinniger Humor kommt an, weil sich die Menschen damit identifizieren können. Und das hat sich in Deutschland herumgesprochen.«
Super Illu, Nr. 8/1995

*

»Ein kauziger Sachse ist Quoten-Matador im ZDF! Jeden Sonntag stempelt ›Stumpi‹ Wolfgang Stumph auf seiner Chaos-Post deutsche Zwerchfelle Ost & West ... Seit ›Ekel Alfred‹ (1975) gab's keine Comedie-Serie mit dieser Wirkung. Liegt's am Dresdner Schwejk? Dem amüsanten Script? Oder der Sprache der kleinen Leute?« *Jean Triff, BILD, 31.1.1995*

*

»Ob er will oder nicht: Den Postmann Stankoweit muß man ja langsam zum Quotenkönig stempeln. Woche für Woche lockt die Situationskomödie ›Salto Postale‹ bis zu neun Millionen Zuschauer vor den Bildschirm. Viel mehr als der Serien- ›Otto‹; vergangenen Sonntag sogar mehr als die altehrwürdige ›Lindenstraße‹.«
Michael Minholz, Neue Ruhr Zeitung, 4.2.1995

*

»Einen verdammt guten Riecher hat Schauspieler-Kabarettist Wolfgang Stumph mit dieser Comedy-Serie gehabt, in der übern postalischen Ladentisch hinweg beste deutsch-deutsche Verständigung betrieben wird.«
Lilo Plaschke, Thüringer Allgemeine Zeitung, 7.2.1995

*

» ... nie wurden die Serienfolgen dieser Staffel zur seichten, vordergründigen Klamotte. Das Grundprinzip von Autor Gunter Antrak, politische Aktualität mit satirisch-komödiantischen Bezügen zu vermitteln, war das offensichtliche Geheimrezept ... Hoffentlich bleibt das Postamt Niederbörnicke – dem allgemeinen Trend nicht folgend – nicht für immer geschlossen.«
Manfred Anders, Sächsische Zeitung, Dresden, 21.2.1995

*

»Vom Publikum geliebt, von Noch-Unterhaltungschef Fred Kogel geschmäht: Die Postler aus Potsdam rappelten sich fast ohne Unterstützung zu einem deutsch-deutschen Klamauk-Glücksfall in der TV-Landschaft hoch.«
Andre Böhmer, TANGO, Februar 1995

*

»Die Fans der erfolgreichsten deutschen Sitcom ... müssen nicht traurig sein. Wolfgang Stumph kommt wieder! Unterhaltungschef Fred Kogel: ›Wir werden sechs neue Folgen produzieren, die dann im Frühjahr 1996 zur Ausstrahlung kommen. Wolfgang Stumph und das ZDF haben mit ›Salto Postale‹ Außergewöhnliches erreicht – ›Stumphi‹ ist für mich einer der großen Volksschauspieler der kommenden Jahre.‹«
ZDF-Pressemitteilung, 16.2.1995

*

Die Einschaltquoten

Folge	Haushalte	Zuschauer/Millionen	Marktanteil
Kommen und Gehen (8.1.95)	14%	6,77	22,2%
Ja, die Liebe hat bunte Flügel ... (15.1.95)	17%	8,19	28,4%
Kurz vor Sex (22.1.95)	15%	6,62	23,2%
Bau auf – reiß ab (29.1.95)	18%	8,94	33,9%
		(6,39 West/2,55 Ost)	(30,6 West/46,6 Ost)
Schweres Los (5.2.95)	16%	8,13	29,0%
Hoher Besuch (19.2.95)	14%	6,31	27,3%

Am Ende: Stumphs Triumph auf allen Kanälen

Die ganz alltäglichen Presse-Neurosen

»Die drei Typen vom Amt – der Jammerlappen, der Pfiffige und der Streber – sind so flach angelegt, daß man von den Schauspielern kaum verlangen konnte, ihnen auch nur ein wenig Komik abzupressen. ... Auf echten deutschen Postämtern geht es wahrscheinlich lustiger zu als in dieser dürftigen Sitcom.«
Norbert Hummelt, Berliner Morgenpost, 9.1.1996

*

»In der ersten von sechs neuen Folgen schlugen Wolfgang Stumph alias Stankoweit und die Seinen wieder einen recht vergnüglichen, gut trainierten ›Salto Postale‹, der sicherlich zum Besten gehört, was der ostdeutsche Kabarettist bisher auf die Mattscheibe bringen durfte. Die Geschichte war winzig ..., und sie war witzig.«
Ingrid Uebe, Neue Ruhr Zeitung, 9.1.1996

*

» ... auch der Schwank dient einem menschenfreundlichen Zweck – der Hans Sachs wußte es, das ZDF weiß es. Der Situationskomik eine Gasse. Durcheinander ist angesagt, derbe Späße folgen dicht aufeinander. Da macht das Publikum, das unsichtbare, dankbar mit, zeigt sich lachfreudig und beifallversessen. Eingängige Wortspielereien beherrschen den Dialog, dem es keineswegs an Aktualität mangelt. ... Eine knappe halbe Stunde dürfen wir uns mal unvoreingenommen amüsieren.«
rab, Nürnberger Nachrichten, 12.2.1996

»Der ›Salto Postale‹ ist zu Ende. Die Landung war ein doppelter Crash, jedoch mit feiner innerer Balance ... Und das vom ostdeutschen Kabarett, dessen aus früheren Tagen konservierter Zeigefinger-Humor ansonsten doch sehr auf die Nerven geht. ›Salto Postale‹, obwohl vom Gestus her Kabarett – dafür stand schon Wolfgang Stumph – blieb davon verschont. Seinen Witz könnte man vielleicht vergnüglich nennen, also bieder auf bekömmliche Art, durch Selbstironie. Stankoweit und Partner waren im Grunde zwei furchtsame Beamtenseelen, in deren Aufbegehren immer zugleich die Verbeugung lag. Das war dann auch der eigentliche ›Salto Postale‹, dargeboten in vollendeter sächsischer Anmut.«
Kerstin Decker, Der Tagesspiegel, Berlin, 13.2.1996

*

»Das wahre Symbol ostdeutscher Renitenz gegen westliche Übergriffe ist nicht der Palast der Republik, sondern das Postamt in Potsdam-Niederbörnicke ... Eine der großen Leistungen ›Salto Postales‹ besteht denn auch darin, den durch manche Vereinigungsexzesse verärgerten Menschen im Osten eine Stimme zu verleihen, ohne dabei das Amüsement der Zuschauer im Westen zu mindern. Gegen die Großkopfeten ist sich das gemeine Deutschland einig wie sonst kaum ... Stumph ist einer der wenigen Stars aus Ostdeutschland, der es auch beim westdeutschen Publikum zu

Popularität gebracht hat. Dies ist nicht zuletzt das Verdienst von ›Salto Postale‹, das dem Kabarettisten ein Umfeld schuf, in dem er seine Begabung, den kleinen Mann zu spielen, ausnutzen konnte. Nicht der meist scharfzüngige, oft gar zynische Kabarettist aus Dresden steht da auf der Bühne, sondern ein Beamter von nebenan, der dennoch in Worten und Taten immer eine Nuance neben dem Banalen liegt und dadurch den spezifischen Humor der Serie erzeugt ...«
Andreas Platthaus, Frankfurter Allgemeine Zeitung, 12.2.1996

*

»Das Postamt als Lebensbewältigungstheater – ein sehenswerter Spagat zwischen Boulevard und Populär-Satire ... Auch wenn dieses satirische Ossi-Soziallabor deutscher (Un)Tugenden zuweilen dick aufträgt, so kommt dabei dennoch eine ganz andere Programmfarbe heraus als bei satirischen West-Sendungen. Es gibt nämlich eine deutsch-deutsche Witzischkeitsgrenze: Im Westen der Nonstop-Nonsens des postmodernen Prolo-Humors; im Osten gegenwartsbezogene Gags ... So entpuppt sich das boulevardeske, flotte Bühnentheater als potemkinsches Polit-Kabarett auf dem dennoch kleinsten Nenner. Jeder kriegt sein Fett ab: die Großen in Worten, die ›Kleinen‹ durch den mimischen Spiegel, den ihnen die Kabarettisten vorhalten. Diese so albern-alltäglichen Szenen – ›das gibt's ja noch nicht mal bei Schreinemakers live‹. Tatsache – denn dort wird der Alltag zum Panoptikum. Bei ›Salto Postale‹ läuft es genau umgekehrt.«
Dieter Deul, epd Kirche und Rundfunk, Nr. 3/1996

*

Die Einschaltquoten

Folge	Haushalte	Zuschauer/Millionen	Marktanteil
Der Baum vorm Haus (7.1.1996)	17%	8,08	26,9%
Unheilige Allianz (14.1.1996)	17%	7,79	26,4%
Der Ausstand (21.1.1996)	15%	6,76	21,3%
Der Rubel rollt (28.1.1996)	16%	7,37	30,0%
Kleines Haus am Wald (4.2.1996)	11%	5,23	17,2%
Rin in die Kartoffeln ... (11.2.1996)	16%	7,51	29,0%

Abschiedsrufe

»Nun wird was fehlen am Sonntagabend.«
Thüringer Allgemeine Zeitung

*

»Danke, Stumpi! Das war beste Unterhaltung.«
Berliner Kurier

*

»Ein erfolgreiches Konzept. Vielleicht sollten sich andere daran ein Beispiel nehmen.«
Express, Köln

*

»›Salto Postale‹ hat sich zu einem richtigen Renner entwickelt.«
Stuttgarter Zeitung

»Auch wir waren gern bei dieser Post.«
Hamburger Abendblatt

*

»Schade, schade! Trotz aller Proteste der Zuschauer und des ZDF wird das Potsdamer TV-Postamt geschlossen.«
BZ am Sonntag

*

»Wir wollen lieber aufhören, wenn man uns noch nachtrauert. Das ist besser, als wenn gar keiner mehr merkt, daß wir damit aufgehört haben. – Ich betrachte es als schlitzohrigen Sieg von mir, dem ZDF diese Sendung untergeschoben zu haben.«
Wolfgang Stumph

*

Vor dem neuen Salto

»Stumph – das ist ein sächsischer Sanguiniker mit melancholischem Dackelblick aus braunen Augen; ein lebenslänglicher Lausbub, der die Hälfte des Lebens hinter sich hat; ein gewiefter Träumer, ein Widerspruch mit klarer Botschaft: Er verkörpert, was bleiben darf von der abgewickelten DDR ... Der Mann besetzt, was in der auseinanderstrebenden Unterhaltungsindustrie zunehmend verwaist: die emotionale Mitte, die wenig mit Mittelmaß, um so mehr aber mit Eigensinn und Persönlichkeit zu tun hat ... Bei ›Salto Postale‹ gelang es dem Dresdner, den Plot mit ihm bekannten Autoren zu entwickeln und durchzusetzen. Doch dann lief ihm Fred Kogel über den Weg, der als scheidender Unterhaltungsboß des ZDF gerade auf dem Sprung zum Chefposten bei SAT 1 war. Der smarte Programm-Macher konnte mit Stumphs volkstümlicher Komik wenig, dafür aber um so mehr mit

dessen Quotenerfolg anfangen – unterbreitete dem Ostmann den Vorschlag, 13 Folgen auf Halde zu produzieren. Der Sachse verweigerte sich ...«
Nikolaus von Festenberg, Der Spiegel, Nr. 44/1997

*

»Als das ominöse Postamt im Osten Deutschlands geschlossen wurde, hatten sich die Idee, ihr Protagonist und das Autorenteam an die Spitze der bundesrepublikanischen Fernsehwelt gespielt ... Ost und West haben Wolfgang Stumpf ins Herz geschlossen, und der Dresdner ist nun einer der wenigen Ossis, die dem Betrieb ihre Geschäftsgrundlage diktieren können. ZDF-Intendant Stolte sitzt bei Familie Stumph auf dem Sofa und hört sich alle Pläne mit Wohlgefallen an, solange der Komödiant nur seinem Sender die Treue hält. Der Nachzieher von ›Salto Postale‹ bleibt der ursprünglichen Idee treu, wiederholt jedoch nicht ... Spannend am Konzept ist nach wie vor, daß die Aufzeichnungen fast aktuell sind ... ›Salto Postale‹ war ein seltenes Vergnügen aus Volkstheater, Kabarett und Slapstick, so daß auch Wolfgang Stumph sich gegen das comedy-Etikett nicht mehr wehren wollte. Über die Quote wird er sich auch bei ›Salto Kommunale‹ nicht beklagen müssen.«
Reiner Schweinfurth, zitty, Berlin, Nr. 1/1998

*

»Das geht ja nu gleich gut los ...«

»Daß insbesondere das komische Fach Bodenhaftung braucht, daß der Mutterwitz ohne regionales Wurzelwerk nicht aufblühen will – das ist bekannt. Wird aber beim Fernsehen gern ignoriert ... Glücklicherweise gibt's die Quote. Und die hat für ›Salto Postale‹ votiert, eine Serienposse, deren Protagonist ungeniert sächselt und auch sonst, von Gemüt und Habitus her, für Provinz steht ...›Salto Postale‹ ist abgefeiert, mit verdientem Applaus. Jetzt folgt ›Salto Kommunale‹ ... Das Gute an Serien, Folgen und Fortsetzungen ist, daß Darsteller, Autoren, Regisseure und Publikum Weile für eine *Entwicklung* finden, die das schnellebige Medium Fernsehen sonst vorenthält. Wenn Witz wirklich ›blüht‹ und ›Wurzeln‹ hat, will er auch wachsen dürfen und seine Zeit brauchen. Und wenn er Glück hat, braucht seine Zeit ihn ...
... im Vollgefühl des ›Wir sind alle gleich gemein‹, kommt Laune auf. Ob fieser Wessi oder pfiffiger Sachse, ob Geschäftemacher oder armes Opfer, ob Autorität oder ›subalternativ‹: Man lacht in derselben Tonlage über alle, der Humor als Reaktionsbereitschaft erhebt sich über den kleinlichen Zank und kriegt was – nein, nicht was Versöhnliches, aber was Einigendes. Beamte aller Länder ...«
Barbara Sichtermann, Die Zeit, Hamburg, 15.1.1998

Fan-Post

für Stumphs
STANKOWEIT

58762 Altena/W. 18.01.96

Sehr geehrter Herr Stumph!
Sehr geehrte Damen u. Herren von "Salto postale".

Mit Sicherheit werden Sie erstaunt sein, von jemanden, den Sie weder kennen bzw. von dem Sie noch nie etwas gehört haben, ein kleines Buchgeschenk zu erhalten.
Da ich als altgedienter Postler (1949-1989) und Hobbyliterat ein Fan der Sendung "Salto postale" bin, aber mehr noch ein Verehrer Ihrer persönlichen kabarettistischen Schauspielkunst bin, möchte ich Ihnen – verehrter Herr Stumph – mit meinem humorvollen Büchlein –
"Als die Post noch Zeit hatte" – eine kleine Freude machen.
Diese Verehrung bzw. Mitteilung soll aber keineswegs eine Wertminderung Ihrer anderen Mitspieler von "Salto postale" sein. Im Gegenteil. Hier ist jeder Schauspieler an seinem richtigen Platz bzw. jeder gibt <u>immer</u> sein "Bestes"!
Nur Sie – verehrter Herr Stumph – sind und bleiben "das Salz in der Suppe"!
Wenn Sie mein Büchlein mal in Ruhe gelesen haben, werden Sie feststellen, daß auch ich ein sehr humorvoller Mensch bin, welcher immer mit Leib und Seele ein preußisch-sauerländischer Landpostbote war; welcher immer bemüht war, seine verehrte Kundschaft

= 2 =

= 2 =

zufrieden zu stellen.
Für Ihre weitere Zukunft wünsche ich Ihnen nebst Ihrer Familie u. allen Mitstreitern von „Salto postale" Gesundheit u. Schaffenskraft für noch viele-viele Jahre. Machen Sie weiter so!

Mit freundlichen Grüßen aus dem schönen Sauerland
　　　　verbleibe ich Ihr

preußisch-sauerländischer Landpostbote i.R.
u. Hobbyliterat
　　　　　　　　　　Helmut Martin *Helmut Martin*
　　　　　　　　　Waldbergsley 11
　　　　　　　　　58762 Altena i. Westf.

PS. Herzliche Grüße aber auch an alle Ihre Kolleginnen u. Kollegen von „Salto postale"! Ich würde mich sehr freuen, wenn Sie mir mal bei Gelegenheit ein Foto von Ihnen schicken könnten. (Für meine Fan-Sammlung)

　　　　　　　　Nochmals Dank!
(Natürlich ein Foto von Ihnen persönlich - verehrter Herr Stumph!)

PS. Richtig müßte der Titel meines Buches bei der jetzigen Post AG heißen: Als es bei der Post noch menschlich zuging!

SALTO KOMMUNALE

Das Neueste aus der Gemeindeverwaltung Niederbörnicke – zum Mitlesen

Der neue Job

Autorin: Inge Ristock

INHALT:
Dem Tüchtigen stehen alle Türen offen. Auf wen träfe das besser zu als auf Stankoweit. Und so wundert sich wohl niemand, daß gerade er nach der Schließung des Niederbörnicker Postamtes einen neuen Job bei der hiesigen Gemeindeverwaltung gefunden hat. Seine Probezeit ist zu Ende, jetzt beginnt die Zeit der Kraftproben. Da will doch die clevere Bürgermeisterin Ingrid Schikaneder Gemeindeland verscherbeln, um die leeren Kassen zu füllen und um sich Wählerstimmen zu sichern. Ein neuer Verwaltungsfachmann wird ebenfalls gebraucht, und es ist ausgerechnet Stankoweits ehemaliger Postchef Mäßig, der sich um diese Stelle bewirbt. Aber Stankoweits pure Anwesenheit reicht, damit Mäßig eingedenk rosiger postalischer Erinnerungen fluchtartig das Feld räumt. Und natürlich hat Stankoweit schon einen Ersatz parat, denn Ex-Kollege Rudi Reschke hockt im Wartezimmer. Eigentlich wollte der sich nur beschweren, doch da ihn sein Freund Wolle der Bürgermeisterin als glühenden Bürokraten und überzeugten Opportunisten schildert, ist das eine blendende Empfehlung für die Arbeit im Amt. Reschke bekommt als ABMer den Posten; Stankoweit lacht sich ins Fäustchen und verhindert überdies – mit Hilfe des ewigen Querulanten Kowalski –, daß das Niederbörnicker »Tafelsilber« verschleudert wird ...

Auftritt Stankoweit im Warteraum

STANKOWEIT: Morgen! ... Morgen!!!! Eine Bombenstimmung ist das heute wieder! Geht gleich gut los im neuen Jahr! Kaum ist der Zahnersatz teurer geworden, schon macht keiner mehr richtig die Gusche off! Und rammeldicke voll ist das Wartezimmer wieder! Das geht gleich gut los! Aber daran müssen wir uns wahrscheinlich gewöhnen,

daß es in Deutschland immer voller wird! Kurden ... Kurt, än gesundes Neues noch nachträglich! Hast du deinen Ausweis mit? Sehr gut! *(an alle)* Leute, künftig nie mehr ohne Ausweis aus dem Haus gehen! Wer ohne erwischt wird, dem droht Abschiebung aus Niederbörnicke! Ordnung muß sein, da Kanther machen, was ihr wollt! Aber so geht das natürlich ni! Die Fluchtwege müssen frei bleiben! Wer weiß, wie die Bürgermeisterin heute wieder aussieht! Will jemand direkt zur Bürgermeisterin? Soso! Da muß ich sie erst mal fragen, ob sie überhaupt da ist! Worum geht's denne? Ach, privat! Da ham Sie Pech! Wenn wir im Dienst sind, kennen wir keine Verwandten! ... Das geht gleich gut los! Hat jeder von euch seine Nummer gezogen? Wer die eins hat, kommt zuerst dran und wer die ... Wieviel sind wir denne überhaupt hier? Eins-zwei-drei- ...

KOWALSKI: 150 Bürgerinnen und Bürger! 150!

STANKOWEIT: Der schon wieder! 160, Herr Kowalski! 160!

KOWALSKI: 150, Herr Stankoweit! 150!

STANKOWEIT: 160! Sie ham die Mehrwertsteuer-Erhöhung vergessen! Das geht gleich gut los! Aber ich glaube ni, daß heute alle drankommen wärn! Sie kommen natürlich auf jeden Fall dran. Das ist eine Freude! Ä gesundes Neues noch! Sie gucken wieder, als wärn Sie Kunde bei der Telekom und wollten wechseln ... Machen Sie's doch wie ich, ich suche mir jetzt für jedes Gespräch den allerbilligsten Anbieter raus! Die Suche lohnt sich, kann ich Ihnen sagen! Gestern zum Beispiel, bloß 6,70 Mark für acht Stunden und fünf Minuten! Acht Stunden hab ich gesucht und fünf Minuten telefoniert!

BÜRGERMEISTERIN: *(ruft)* Herr Stankoweit! ... Herr Stankoweit! ...

STANKOWEIT: Das geht gleich gut los! ...

Stankoweits Zimmer. Schikaneder kommt herein.

SCHIKANEDER: Herr Stankoweit, kommen Sie doch bitte mal in mein ... Nanu, noch nicht da?

STANKOWEIT: Doch, Frau Bürgermeister, ja doch!

SCHIKANEDER: Kommen Sie mal in mein Zimmer.

STANKOWEIT: Hier bin ich doch. Guten Tag.

Sie geht in ihr Zimmer. Stankoweit eilt hinterher, während er seine Sachen ablegt und überall im Zimmer verstreut. Zimmer der Bürgermeisterin: Sie setzt sich hinter ihren Schreibtisch; Stankoweit steht davor. Beide unterhalten sich locker und fast flirtend.

SCHIKANEDER: Herr Stankoweit, wissen Sie, was heute für ein Tag ist?

STANKOWEIT: Frau Schikaneder, heute läuft meine Probezeit ab.

SCHIKANEDER: Und? ... Was haben Sie für ein Gefühl?

STANKOWEIT: Es steht mir rangmäßig ni zu, Frau Bürgermeister vorzugreifen. Ich überlasse es Ihnen, den positiven Entscheid höchstselbst auszusprechen.

SCHIKANEDER: Sie sind wohl sehr überzeugt, daß ich Sie behalte. Als meine ... na, sagen wir mal, als meine linke Hand?

STANKOWEIT: Sie wären ja schön bleede, wenn Sie mich ni behalten würden. So was wie mich finden Sie ni gleich wieder.

SCHIKANEDER: Meinen Sie?

STANKOWEIT: Ich kann Ihnen alle meine Vorzüge noch mal kurz zusammenfassen ... Was is denn uff so 'ner Bürgermeisterei das Wichtigste?

SCHIKANEDER: Kompetenz, Herr Stankoweit.

STANKOWEIT: Kompetenz is doch in der Polletick ni wichtig. Stellen Sie sich vor, Waigel würde was von Finanzen verstehen – der könnte sich doch nur noch erschießen. Mit den Menschen muß mer umgehen können, Frau Bürgermeister.

SCHIKANEDER *amüsiert*: Und das können Sie?

STANKOWEIT: Mit den einfachen Leuten kann ich sowieso. Und die Chefs – die bieg ich mir schon zurechte.

SCHIKANEDER: Soso. Und mich wollen Sie also auch »zurechte biegen«?

STANKOWEIT *erschrocken*: Aber Sie doch ni, Frau Bürgermeister! Bei Ihnen is doch nischt mehr zu verbiegen. Sie sind einmalig. Nicht nur als Frau. Ohne Rotz um die Backe.

SCHIKANEDER: Na, da bin ich ja beruhigt.

STANKOWEIT: Ich hab früher mal uffm Postamt gearbeitet, da kriegten mir einen neuen Amtsleiter. Erstens aus den alten Bundesländern, zweitens Halbakademiker, drittens arrogant, viertens verklemmt.

SCHIKANEDER: Ist ja 'ne tolle Mischung.

STANKOWEIT: Sie sagen es. Aber ich habe an der Menschwerdung dieses Affen gearbeitet. Nach drei Jahren hat der mir aus der Hand gefressen.

SCHIKANEDER: Im Ernst?

STANKOWEIT: Es hieß nur noch: Stankoweit hier, Stankoweit da. Fehlte nur noch, daß er mir einen Heiratsantrag gemacht hätte.

SCHIKANEDER: Also den mach ich Ihnen bestimmt nicht, Herr Stankoweit.

STANKOWEIT *kokett:* Frau Bürgermeister, ich hab schon Pferde kotzen sehn. Und das kurz vor der Apotheke.

SCHIKANEDER: An so was wie Minderwertigkeitskomplexen leiden Sie nicht, wie?

STANKOWEIT: Bestimmt ni, Frau Bürgermeister. Da könn Se ganz beruhigt sein. Ich bin im Vollbesitz meiner physischen und psychischen Ignoranz.

SCHIKANEDER: Da Sie ein so vorzüglicher Mann sind, will ich mal Ihren Arbeitsvertrag unterzeichnen ...

STANKOWEIT: Ich hab nichts anderes von Ihnen erwartet, Frau Bürgermeister.

SCHIKANEDER: Und wenn Sie weiterhin so fleißig, zuverlässig und loyal sind ...

STANKOWEIT: Loyal! Aber das bin ich doch! Frau Bürgermeister, wo werd' ich denn nicht loyal sein? Zu so 'ner Frau wie Ihnen!

SCHIKANEDER: Kurz, ich bin mit Ihnen zufrieden. Bis auf eine Angelegenheit ...

STANKOWEIT: Frau Bürgermeister, könn mer ni erschtemal den Vertrag unterzeichnen und dann über die Angelegenheit reden?

SCHIKANEDER: Na gut, Herr Stankoweit ...

Die Bürgermeisterin unterschreibt den Vertrag und schiebt ihn Stankoweit zu, der auch unterschreibt.

STANKOWEIT: So! Jetzt sieht das gleich ganz anders aus.

SCHIKANEDER: Auf gute Zusammenarbeit.

STANKOWEIT: Auf gute Zusammenarbeit. – Also, Frau Bürgermeister, was ham Sie denn für Probleme?

SCHIKANEDER: Die Unternehmensgruppe Bellmann hat angerufen. Warum hat sie die Unterlagen für das Projekt »Einkaufsparadies« noch nicht auf dem Tisch?

STANKOWEIT: Die Frage is ganz einfach zu beantworten, Frau Bürgermeister: Weil ich sie noch nich rausgeschickt habe.

SCHIKANEDER: Sie haben es vergessen?

STANKOWEIT: Ich vergesse nie was, Frau Bürgermeister. Ich hab's verhindert.

SCHIKANEDER: Wollen Sie damit sagen, Sie haben meine Arbeit sabotiert?

STANKOWEIT: Sagen mir mal so: Durch taktisch kluge Verzögerung der Ausführung Ihrer Anweisung versuche ich, Ihre eklatanten Fehlentscheidungen in vertretbaren Grenzen zu halten.

SCHIKANEDER *nun sauer:* Habe ich richtig gehört, Herr Stankoweit?

STANKOWEIT: Sie haben, Frau Bürgermeister.

SCHIKANEDER: Wie reden Sie denn plötzlich mit mir?

STANKOWEIT: Frau Bürgermeister vergessen, daß ich jetzt im Besitz eines rechtskräftigen Arbeitsvertrages bin. Sozusagen von beeden Seiten unterschrieben. Also is meine Ausgangssituation Ihnen gegenüber eine ganz andre als vorhin.

SCHIKANEDER: Was wollen Sie damit sagen?

STANKOWEIT *grinst:* Vorhin hätten Sie mich noch ratzbatz rauswerfen können. Jetzt is das ni mehr so einfach. Jetzt kann ich wieder ich sein.

SCHIKANEDER: So ist das also: Kaum ist Ihre Probezeit vorüber, schon machen Sie sich unbeliebt ... Ich muß mich fragen, ob ich nicht einen großen Fehler gemacht habe, Sie einzustellen.

STANKOWEIT: Zu spät, Frau Bürgermeister, zu spät. Da kammer nischt mehr machen. Jetzt müssen Sie sehn, wie Sie mit mir klarkommen.

SCHIKANEDER: Ich muß mit Ihnen klarkommen?! – Herr Stankoweit, Sie vergessen mitunter die kleinen, aber nicht unerheblichen Unterschiede in der Rangordnung.

STANKOWEIT: Das war schon immer mein Problem, Frau Bürgermeister. Aber damit kann ich leben.

SCHIKANEDER: Sie sollten sich lieber fragen, ob *ich* damit leben kann. Herr Stankoweit, die Unternehmensgruppe Bellmann will am Rande von Niederbörnicke Gemeindeland kaufen, um ein großes Einkaufsparadies zu errichten.

STANKOWEIT: ... mit Geschäften, Gastronomie, Spielhallen, Bowlingcenter und Fitneßstudio ... Weiß ich doch, Frau Bürgermeister.

SCHIKANEDER: Das bringt Geld in die Gemeindekasse, schafft Arbeitsplätze und verbessert die Stimmung unter den Leuten. Und vor allem, Herr Stankoweit: Es bringt Wählerstimmen.

STANKOWEIT: Und all die kleenen Geschäfte im Ort gehen pleite. Das schafft Arbeitslosigkeit, verschlechtert die Stimmung – und die Wählerstimmen sind futsch.

SCHIKANEDER: Herr Stankoweit, in der Politik muß man immer Prioritäten setzen, verstehen Sie?

STANKOWEIT: Nee.

SCHIKANEDER: Die Pleiten kommen doch erst, wenn das Einkaufsparadies schon steht. Also nach der Wahl. Das Geld für das Gemeindeland aber gibt's vor der Wahl.

STANKOWEIT: Verstehe: Entweder, mir ham dann die Wahl gewonnen, da interessieren so ä paar Pleiten sowieso nich. Oder mir ham se verloren ...

SCHIKANEDER: ... dann sind wir Opposition und schieben die Pleiten dem neuen Bürgermeister in die Schuhe ...

STANKOWEIT: ... und haben eine viel bessere Ausgangsposition für den übernächsten Wahlkampf.

SCHIKANEDER: Herr Stankoweit, jetzt haben Sie's erfaßt.

STANKOWEIT: Genial, Frau Bürgermeister, Sie sind ja 'ne Granate! Wo Sie das nur herhaben?

SCHIKANEDER: Mein Mann ist Parteiarbeiter in Bonn. Da lerne ich so manches.

STANKOWEIT: Drum. So versaut kammer doch von alleene gar ni sein.

SCHIKANEDER: Das ist eben Wahlkampf.

STANKOWEIT: Das ist Bürgerverarschung.

SCHIKANEDER: In Bonn wird das auch nicht anders gemacht.

STANKOWEIT: Wenn die Deutschen so dumm sin und sich das gefallen lassen – das is ihr Bier. In Niederbörnicke, mir sin es nicht!

(...)

Sauber bleiben!

Autor: Jens Weidemann

INHALT:
»Sauber bleiben!« – unter diesem Motto führt die Bürgermeisterin ihren Kommunalwahlkampf. Sie verspricht allen Bürgern alles, insbesondere mehr Sicherheit und Moral im Alltag. Die Polizei müht sich schon emsig, hart durchzugreifen, und so wird auch Jaqueline, Rudi Reschkes Tochter, im Amt vorgeführt, weil sie angeblich das Porträt der Bürgermeisterin auf deren Wahlplakaten »unsittlich« verschandelt hat. Durch einen solchen Tatbestand würde der arme Rudi natürlich untragbar für die Gemeindeverwaltung ... Und als der Moralapostel Kowalski einen weiteren Skandal ans Licht der Öffentlichkeit bringen will, hat die korrekte Bürgermeisterin sogleich die aufmüpfige Jaqueline in Verdacht. Doch das Beweisstück ist ein sehr vielsagendes Foto von Frau Schikaneder höchstpersönlich, welches zeigt, wie ihr gerade eine Wahlkampspende in den weitherzigen Ausschnitt gesteckt wird. Nun muß der redliche Stankoweit zu guter Letzt noch verhindern, daß seine Chefin bei ihrem moralischen Feldzug selbst unter die Räder kommt.

Im Warteraum des Amtes sitzen die »Bürger« (Publikum), darunter auch Kowalski. Einige Personen tragen weiße T-Shirts mit dem Motto »Sauber bleiben!« – Kowalski trägt so ein Hemd natürlich nicht. An den Wänden hängen riesige Wahlplakate mit dem lebensgroßen Bild der Bürgermeisterin in einem strahlendweißen Kleid und dem Schriftzug »Kommunalwahlen in Niederbörnicke« sowie dem Motto »Sauber bleiben!«. Um die Bürgermeisterin versammeln sich auf dem Plakatfoto begeisterte Bürger: zum Beispiel ein Bäcker, ein Feuerwehrmann und schräg hinter ihr ein irgendwie verschlagen grinsender Schornsteinfeger. Stankoweit rollt mit seinem Fahrrad durch den Flur des Warteraums und betätigt die Klingel.

STANKOWEIT: Schönen guten Morgen allerseits!

PUBLIKUM: Guten Morgen!

Während Stankoweit sein Fahrrad abstellt, tritt Kowalski aufgeregt neben ihn und muß ihm hinter vorgehaltener Hand unbedingt etwas mitteilen.

KOWALSKI: Herr Stankoweit, Herr Stankoweit! Ich hab' was, das wird Sie interessieren. Ich sage nur: Die Bürgermeisterin, das unbekannte Wesen.

STANKOWEIT: Also für mich ist sie eher das bekannte Unwesen. Kommse rein, wennse dran sind, Herr Kowalski.

Stankoweit zeigt genervt auf die Wartenummernanzeige und geht in den Amtsraum. Reschke sitzt an seinem Schreibtisch, hält ein kleines Plastikgerät in der Hand, das kläglich Piepstöne von sich gibt und drückt verzweifelt auf den Tasten herum. Bei dem Gerät handelt es sich um ein Tama-

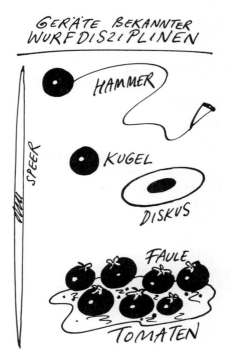

gotchi, was zu diesem Zeitpunkt aber noch nicht eindeutig zu erkennen ist. Stankoweit betritt den Amtsraum. Reschke steckt das Gerät in die Tasche.

STANKOWEIT: Morgen Rudi!

RESCHKE: Morgen Wolle!

Stankoweit packt seine Aktentasche aus und setzt sich an seinen Schreibtisch.

STANKOWEIT: Na, Rudi. Haste dich inzwischen etwas eingelebt an deinem neuen Arbeitsplatz?

RESCHKE: Schon, aber an eins werd' ich mich wohl nie gewöhnen.

STANKOWEIT: An was ...?

Die Tür von Frau Schikaneders Büro öffnet sich.

RESCHKE: An das.

STANKOWEIT: Mach dir nichts draus, Rudi. Denk einfach an 'nen Blondinenwitz und lächle sie freundlich an.

Frau Schikaneder kommt aus ihrem Büro und verabschiedet Frau Kröger, eine ältere Bürgerin.

SCHIKANEDER: Alles klar, Frau Kröger. Lassen Sie mich erst mal die Wahl gewinnen, dann werde ich mich sofort um den Hundeboulevard kümmern, damit Sie mit Ihrem kleinen Liebling in Niederbörnicke schöner Gassi gehen können.

Stankoweit steht von seinem Platz auf und mischt sich in das Gespräch der Bürgermeisterin mit Frau Kröger ein.

STANKOWEIT: Genau, am besten nehmen wir dafür die Waldstraße, dann müßten Sie nur ein »i« ins Schild malen. Und an die Laternen

kommen überall so kleine Zielscheiben, damit die kleinen Waldis und Fiffis wissen, wo sie ihre Beinchen heben sollen.

Frau Kröger geht zufrieden ab, und Frau Schikaneder blickt ihr – in der Gewißheit, eine sichere Wählerstimme erobert zu haben – händereibend nach.

SCHIKANEDER: Stankoweit, heben Sie mal lieber Ihre Beinchen und dackeln wieder an Ihren Schreibtisch zurück. Sie werden hier schließlich nicht für Ihre blöden Bemerkungen bezahlt.

STANKOWEIT: Die können Sie von mir aus auch gern gratis haben.

SCHIKANEDER: Schluß, an die Arbeit!

STANKOWEIT: Stimmt, einer muß hier ja was leisten, wo Sie sich nur noch um Ihren Wahlkampf kümmern.

SCHIKANEDER: Machen Sie Ihren Job, ich mache meinen.

STANKOWEIT: Genau, Sie versprechen den Leuten was, und ich soll es halten.

SCHIKANEDER: Halten Sie lieber den Mund, das genügt mir fürs erste. Und Sie, Reschke, grinsen gefälligst nicht so dämlich.

RESCHKE: Immer ich ...

Frau Schikaneder drückt den Schalter für die Wartenummernanzeige. Ein Gong ertönt. Ein Mann, Herr Krause, tritt durch die Tür in das Amtszimmer. Die Bürgermeisterin fängt ihn sofort ab und führt ihn jovial zu ihrem Büro.

SCHIKANEDER: Einen wunderschönen guten Tag, der Herr Krause! Sie kommen sicher wegen der Genehmigung für Ihre Känguruhfarm. Da darf ich Ihnen vorab schon sagen, das sieht sehr gut aus. Vorausgesetzt natürlich, ich bleibe Bürgermeisterin.

Frau Schikaneder verschwindet mit Herrn Krause in ihrem Büro.

STANKOWEIT: Also nee, Rudi, mit dem Wahlkampf unserer Bürgermeisterin wird mir das langsam zu bunt.

RESCHKE: Wieso das?

STANKOWEIT: Erst verspricht sie den Leuten das Blaue vom Himmel, damit sie ihr bei der Wahl grün sind. Keine Kriminalität, sichere Straßen, sichere Arbeitsplätze, Kindergartenplätze, saubere Luft ...

RESCHKE: ... besseres Wetter.

STANKOWEIT: Nun, und hinterher hält sie die Versprechen garantiert genausowenig ein wie ihre Kollegen in der großen Politik. Und dann sehen die Bürger natürlich rot. Deshalb seh' ich schwarz, was unsere Zukunft hier im Amt angeht.

RESCHKE: Meinste wirklich, Wolle?

STANKOWEIT: Je bürgernaher sich die Politiker im Wahlkampf geben, um so weiter weg sind sie hinterher. Und zu uns kommen dann die Leute und meckern.

RESCHKE: Ich sag's ja: Das hier ist einfach nichts für mich.

STANKOWEIT: Sei froh, daß du hier bist! Sonst wärste doch immer noch arbeitslos.

RESCHKE: Aber wenigstens in einem anständigen Beruf.

STANKOWEIT: Nee, Rudi! Seitdem wir nicht mehr dabei sind, ist die Post auch nicht mehr, was sie mal war. Bald gibt's so wenig Postämter und Briefkästen, daß der Weg kürzer ist, wemmer den Brief gleich selber zum Empfänger bringt.

(...)

Kristallpaläste

Autorin: Inge Ristock

INHALT:
Mit großem Aufwand sind in Niederbörnicke protzige Buswartehäuschen errichtet worden, im Volksmund »Kristallpaläste« genannt. Der Jugendclub dagegen wurde kurzerhand eingespart, und aus Wut darüber haben Reschkes Tochter Jaqueline und deren Freund René die Scheiben der exklusiven Wartehäuschen zertrümmert. Als Kowalski Anzeige erstattet, versucht Stankoweit erst einmal abzuwiegeln. Schließlich war die teure Investition völlig überflüssig, denn wie er zufällig entdeckt hat, wird die Buslinie – mit Billigung und Unterstützung der Bürgermeisterin – nach Oberbörnicke verlegt. Glasermeister Pritscho hatte seinerzeit den Bauauftrag für die »Kristallpaläste« bekommen, weil er der Frau Bürgermeisterin als Gegenleistung kostenlos einen Wintergarten baute. Stankoweit muß also wieder einiges bereinigen, was ihm natürlich bestens gelingt: Am Ende ›darf‹ Pritscho als Wiedergutmachung eine alte Scheune mit hübschen neuen Fenstern ausstatten – und den zuvor von ihm entlassenen René wieder in die Firma einstellen. Die Bürgermeisterin ›sponsort‹ den neu verglasten Kuhstall als Jugendklub, und Reschke bekommt obendrein noch eine Gehaltserhöhung.

(...)

STANKOWEIT: So, Rudi, und jetzt an die Arbeet: Erstens: Dir den Arbeitsplatz erhalten. Zweitens: René einen Arbeitsplatz besorgen. Drittens: Der Mafia von Niederbörnicke das Handwerk legen. Viertens: Unsre Frau Bürgermeister braucht 'nen kleenen Ditscher.

RESCHKE *(ironisch)*: Hast du nichts vergessen, Wolle?

STANKOWEIT: Hast recht, Rudi. Niederbörnicke braucht 'n Jugendklub. *(Stankoweit wählt)* Jetzt kannste mal lernen, wie man Kommunalpolitik macht ... *(ins Telefon)* Frau Vogelsang, meine Sonne, hier ist Stankoweit von Niederbörnicke ...

RESCHKE: Ist das die Vogelsang aus der Bürgermeisterei von Oberbörnicke?

STANKOWEIT (nickt): Sagen Sie mal, meine Gutste, ist die Luft reene? ... Hier ooch, also könn' wir reden. Hier kursieren Gerüchte, daß der Bus bald über Oberbörnicke fährt – und wir werden ersatzlos gestrichen ... Ach, das ist keen Gerücht ..., seit wann ist das bekannt? ... Sachen Sie das noch mal ... Aha! Oho! Nanu! – Rudi, such doch mal das Sitzungsprotokoll vom 1.8.95 aus dem Verkehrsamt raus. – Frau Vogelsang, Sie sind ein Schatz, Küßchen auf Sie ...

Stankoweit legt auf. Reschke sucht in den Akten.

RESCHKE *(suchend)*: 1.8.95 ... Wozu brauchst du das?

STANKOWEIT: An diesem Tag wurde die Umverlegung der Buslinie beschlossen. Und trotzdem wurden ein Jahr später die Kristallpaläste gebaut.

RESCHKE: Na und? In der Politik ist jeder Schwachsinn erlaubt. Dagegen kannste nichts machen.

STANKOWEIT *(stolz)*: Rudi, jetzt kriegt auch Niederbörnicke seinen handfesten Skandal, nicht nur immer die in Bonn. Bin gespannt, wie sich unsre Frau Bürgermeister da rausreden will.

RESCHKE: Da war die doch noch gar nicht Bürgermeister.

STANKOWEIT: Aber im Gemeinderat. Und für Verkehr zuständig. Sie hat nämlich das Protokoll unterschrieben, sagt Frau Vogelsang. Rudi, jetzt ham mir sie ...

RESCHKE: Gar nichts haben wir, Wolle. Das Protokoll ist weg.

STANKOWEIT: Wieso weg?

RESCHKE: Na weil es nicht da ist. Und ohne Beweise kannst du nichts beweisen.

STANKOWEIT: Rudi, jetzt kannste erleben, wie Stankoweit zu krimineller Höchstform aufläuft ...

RESCHKE: Du meinst: kriminalistischer, Wolle.

STANKOWEIT: Unterbrich mich nicht mit Lappalien. Also: Ich halte die Stellung, und du schwingst dich auf mein Fahrrad, saust nach Oberbörnicke und läßt dir von Frau Vogelsang 'ne Kopie von dem weggen Protokoll geben.

RESCHKE: Ich denke nicht dran.

STANKOWEIT: Rudi – Attacke!

RESCHKE: Wolle, Niederbörnicke ist SPD, Oberbörnicke ist CDU, und ich bin bloß ABM. Ich fahr doch nicht während der Arbeitszeit ins Lager des ... des Klassenfeindes und hol irgendwelche konspirativen Unterlagen ab. Die das eigne Nest beschmutzen! Wenn das die Chefin rauskriegt ...

STANKOWEIT: Rudi, das ist ein Befehl. Also ab – dawai!

RESCHKE: Wenn was schiefgeht, Wolle, dann rede ich mich auf Befehlsnotstand raus.

STANKOWEIT: Den Berg runter mußte 'n Rücktritt nehmen. Die Bremsen funktionieren nicht.

RESCHKE: Fehlt nur noch 'ne Verkehrskontrolle. Am besten, ich fahr gleich in den Knast.

Reschke geht mit Stankoweits Fahrrad ab, Frau Bürgermeister herein.

SCHIKANEDER: Wohin will denn Reschke schon wieder?

STANKOWEIT: Unterwegs. Dienstlich.

SCHIKANEDER: Und wohin, bitte?

STANKOWEIT: Der ist ... zum Zahnarzt.

SCHIKANEDER: Also dienstlich beim Zahnarzt?

STANKOWEIT: Um sich die Zahnschmerzen beseitigen zu lassen. Damit er besser arbeiten kann. Also isses dienstlich.

SCHIKANEDER: Um Ausreden sind Sie wohl nie verlegen?

STANKOWEIT: Ausreden sind das Einmaleins des Staatsdieners, Frau Bürgermeister.

SCHIKANEDER: Also gut, dann sag ich's Ihnen: Reschke kann keinen Computer bedienen, vor einem Faxgerät hat er Angst, und ohne Anweisung reißt er nicht mal ein Kalenderblatt von gestern ab. Ich kann ihn nicht gebrauchen.

STANKOWEIT: Da bin ich aber froh, Frau Bürgermeister, wenn der endlich hier wegkommt.

SCHIKANEDER: Nanu? Ich dachte immer, Sie sind befreundet?

STANKOWEIT: Das war ich mal.

SCHIKANEDER: Bringen Sie es ihm schonend bei, Herr ...

STANKOWEIT: Der wollte sowieso kündigen.

SCHIKANEDER: Na ja, die Arbeit hat er nicht erfunden.

STANKOWEIT: Und wie der gearbeitet hat, Frau Bürgermeister. Immer, wenn Sie ni im Zimmer waren.

SCHIKANEDER: Was hat der denn gearbeitet?

STANKOWEIT: Er hat rescherschiert, Frau Bürgermeister.

SCHIKANEDER: Rescher – was?

STANKOWEIT: schiert. Warum unsre Gemeinde Europagelder in drei Buswartehäuschen verplempert, wenn längst bekannt ist, daß die Buslinie verlegt wird.

Frau Bürgermeister muß sich setzen.

STANKOWEIT: Sie sind ja so blaß, Frau Bürgermeister, fehlt Ihnen was?

SCHIKANEDER: Nein, nein, nur der Kreislauf. Das Wetter.

STANKOWEIT: Was der alles rausgefunden hat! ... Und wenn der das an den »Spiegel« verkooft ... Der Skandal, wenn hier Reporter von »Kennzeichen D« uffkreuzen mit ihren bleeden Fragen ...

SCHIKANEDER: Ich kann mich an nichts erinnern.

STANKOWEIT: Das ist das Beste, was Sie machen können: Sich an nischt erinnern. Es täte mir ooch in der Seele weh, wenn Ihr ehrlicher Name in den Dreck gezerrt würde.

SCHIKANEDER: Herr Stankoweit, ich habe mit der ganzen Sache nichts zu tun. Das liegt alles im Verantwortungsbereich des alten Bürgermeisters.

STANKOWEIT: Und der hat Glück. Denn der ist tot.

SCHIKANEDER: Wieso Glück?

STANKOWEIT: Ich möchte ni in die Sache verwickelt sein und dann noch am Leben. Und dann noch die Urkundenfälschung ...

SCHIKANEDER: Wieso Urkundenfälschung?

STANKOWEIT: Reschke hat rausgekriegt, daß unter dem Protokoll Ihr Name steht. Und da Sie nischt mit der Sache zu tun haben, muß doch der Bürgermeister Ihre Unterschrift gefälscht haben? Jetzt sind Sie ja so rot?

SCHIKANEDER: Ich kann mich an nichts erinnern ...

STANKOWEIT: Richtig, Frau Bürgermeister. Sie wissen von nischt! Sie waren zu der Zeit noch gar ni geboren.

SCHIKANEDER (kleinlaut): Ich fürchte, ich hab Reschke total unterschätzt.

STANKOWEIT: Das fürchte ich auch, Frau Bürgermeister.

SCHIKANEDER: Herr Stankoweit, diesen Mann können wir doch nicht so ohne weiteres laufen lassen! Wer weiß, was der *noch* alles ..., ich meine, was der noch alles zum Wohle der Gemeinde ..., bei seinen Fähigkeiten ... Sie hätten mir aber einen Wink geben können!

Ein abgehetzter Reschke kommt herein.

SCHIKANEDER (*triefend vor Freundlichkeit):* Herr Reschke, da sind Sie ja endlich ...

RESCHKE: Entschuldigung, Frau Bürgermeister, aber ich sollte ..., ich mußte ..., Stankoweit hat gesagt ...

SCHIKANEDER: Aber mein Lieber! Es liegt mir fern, meine fähigen Mitarbeiter zu kontrollieren! Und wenn Sie Zahnschmerzen haben, dann haben Sie Zahnschmerzen. Basta.

RESCHKE (*unsicher*): Wolle, was meint sie denn?

STANKOWEIT: Sie will damit nur andeuten, daß sie mit deiner Arbeit zufrieden ist, Rudi.

SCHIKANEDER: Falsch, Stankoweit. Nicht zufrieden, sondern *sehr* zufrieden. *Sehr* zufrieden.

RESCHKE (*irritiert*): Sie mit mir? Wieso?

SCHIKANEDER (*nun ihrerseits irritiert*): Weil ... weil ... Wieso denn nicht?

RESCHKE (*verzweifelt*): Aber ich hab doch gar nichts gemacht!

SCHIKANEDER: Eben, lieber Reschke, eben. *Noch* haben Sie nichts gemacht. Und ich bitte Sie herzlich, daß es auch so bleibt. Verstehen wir uns?

RESCHKE: Jetzt verstehe ich gar nichts mehr. Am besten, ich kündige.

SCHIKANEDER: Das lasse ich auf keinen Fall zu, Herr Reschke.

STANKOWEIT: Aber Frau Bürgermeister! Computer kann er nicht, vor Fax hat er Angst, und er würde nie ä altes Kalenderblatt ohne Anweisung abreißen.

SCHIKANEDER: Dafür hat er doch andre Qualitäten, Herr Stankoweit.

STANKOWEIT: Welche, Frau Bürgermeister?

RESCHKE: Welche, Frau Bürgermeister?

SCHIKANEDER: Irgendwelche werden Sie doch haben.

STANKOWEIT: Kannste nischt machen, Rudi, mußte bleiben. Wir ham alle unsre Fehler. Auch die Frau Bürgermeister.

SCHIKANEDER: Ich gebe ja zu, ich hätte das Protokoll nie unterschreiben dürfen. Aber der damalige Bürgermeister ..., er hat mich gezwungen.

RESCHKE (*mit Blick auf Stankoweit*): Kenn ich. So was heißt Befehlsnotstand.

SCHIKANEDER: Sie sagen es, lieber Reschke. Und Ihre ... Recherchen?

RESCHKE: Was für Dinger?

STANKOWEIT: Die Rescherschen, Rudi, die du eben geholt hast ...

RESCHKE: Damit will ich nichts mehr zu tun haben.

SCHIKANEDER: Danke, lieber Freund. Rudi, Sie müssen uns mal zum Kaffee besuchen.

RESCHKE: Zum Kaffee? Ich? Zu Ihnen? ... Nun ist aber Schluß! Mein Leben lang bin immer ich für alles der Prügelknabe. Das bin ich gewöhnt! Damit kann ich umgehen. Aber nicht so was! So was nicht! Da dreh ich durch.

SCHIKANEDER: Was hat er denn?

STANKOWEIT: Lobhudelei kann er ni ausstehen, Frau Bürgermeister.

SCHIKANEDER: Gut, gut. Darf ich ihm dann wenigstens eine kleine Gehaltserhöhung ...?

STANKOWEIT: Das dürfen Sie, Frau Bürgermeister.

(...)

Der letzte Tango von Niederbörnicke

Autor: Jens Weidemann

INHALT:
Seit neuestem schwärmt die Frau Bürgermeister für eine Städtepartnerschaft mit dem argentinischen Ort La Esperanza. Für ihren geplanten Besuch in Südamerika übt sie sich bereits mit Señor Alfonso im Tangotanzen – und schichtet vorsorglich schon die Gelder im Gemeindehaushalt um. Stankoweit kann in dieser internationalen Verbindung nicht den geringsten Sinn erkennen, zumal die damit verbundenen Ausgaben Niederbörnickes Schulden weiter erhöhen würden. Kowalski protestiert lauthals gegen die kommunalen Einsparungen, die auch zur Schließung des Tierheims geführt haben. Reschke nervt mit Jaquelines Ratte, die ihm dessen Tochter ohne Rücksicht auf die Amtsgeschäfte in Pension gegeben hat. Es gibt ja kein Tierheim mehr! In diesem Trubel muß Stankoweit noch Señor Alfonso die Stadt anpreisen, was ihm so gut gelingt, daß der argentinische Gast schleunigst das Weite sucht. Die Städtepartnerschaft scheitert, das Geld ist ›gerettet‹. Und da Frau Schikaneder Reschkes Ratte endlich aus dem Büro haben will, versichert die Bürgermeisterin, daß die Kommune das Tierheim wieder finanzieren wird.

(...)

SCHIKANEDER: Wissen Sie, was ich glaube? Reschke ist bekloppt geworden! Er nennt seine Hängeregistratur »Karl-Heinz«, und er versucht sogar, sie mit seinen stinkenden Pausenbroten zu füttern. Einfach unglaublich!

STANKOWEIT: Na, so schlimm ist das doch wirklich nicht, wenn mer das zum Beispiel mit Theo Waigel vergleicht, der von einem Haushaltsloch ins nächste stolpert und trotzdem stur an den Euro glaubt wie an den Osterhasen. Dagegen geht Reschke doch noch glatt als normal durch.

SCHIKANEDER: Es reicht, Stankoweit! Verderben Sie mir nicht meine gute Laune!

STANKOWEIT: Ach, Sie haben gute Laune?

SCHIKANEDER: Ja, merkt man das nicht?

STANKOWEIT: Nun ja. Jetzt, wo Sie's sagen ...

SCHIKANEDER: Ich freue mich nämlich schon auf meine Dienstreise in die Partnerstadt von Niederbörnicke.

STANKOWEIT: Partnerstadt? Sie meinen damit doch nicht etwa Oberbörnicke?

SCHIKANEDER: Ach was! Ich habe da neulich auf einer kommunalpolitischen Tagung in Berlin einen Botschaftsmitarbeiter kennengelernt, der Städtepartnerschaften in seine Heimat vermittelt.

STANKOWEIT: Was? Das gibt's doch nicht! Da haben Sie unser schönes Niederbörnicke einfach so mit 'ner wildfremden Stadt verkuppeln lassen?

SCHIKANEDER: Also Stankoweit, wir haben da wirklich 'ne erstklassige Partie gemacht.

Frau Schikaneder wird von ihrer Reisevorfreude überwältigt. Sie greift in eine der Einkaufstüten und führt Stankoweit begeistert ihre neue Kostümjacke (eine Art Torero-Jäckchen) vor. Beim Anziehen summt sie leise »Don't cry for me Argentina«. Stankoweit guckt verwirrt zu.

SCHIKANEDER: Hier! Habe ich extra für die Reise gekauft. Ich will Niederbörnicke bei meinem Besuch in La Esperanza doch angemessen repräsentieren.

STANKOWEIT: Wie, »La Esperanto«? Das kommt mir nun wie ä bissel spanisch vor.

SCHIKANEDER: Spanisch? Unsinn! Was sollte denn Niederbörnicke bitteschön mit einer spanischen Partnerstadt anfangen? Spanien, da machen doch nur noch die Prolls Urlaub!

STANKOWEIT: Na, da bin ich ja direkt beruhigt, daß Sie's so sehen.

SCHIKANEDER: La Esperanza liegt natürlich in Argentinien.

STANKOWEIT: Argentinien? Das darf doch nicht wahr sein! Das liegt ja ..., ja wo liegt denn das eigentlich?

Stankoweit sucht vergeblich auf einer Europakarte, die im Büro der Bürgermeisterin an der Wand hängt, nach Argentinien.

SCHIKANEDER *(schwärmerisch)*: In Südamerika! Argentinien, das Land des Tangos ...

Frau Schikaneder schaltet die Stereoanlage in ihrem Büro ein, eine Tangomelodie ertönt. Sie muß jetzt einfach tanzen, ob Stankoweit will oder nicht. Beim Tanzen führt sie.

SCHIKANEDER: Kommen Sie, Stankoweit!

STANKOWEIT: Sie führen ...

SCHIKANEDER: Ich bin ja schließlich auch Ihre Vorgesetzte ...

STANKOWEIT: Ist Argentinien nicht etwas weit?

SCHIKANEDER *(verträumt)*: Sehr weit ...

STANKOWEIT: Ich meine, zu weit für so eine kleine Stadt wie Niederbörnicke ...

SCHIKANEDER: Sie denken zu kleinkariert.

STANKOWEIT: Sie denken überhaupt zu kariert ...

SCHIKANEDER: Denken Sie an den weltweiten Strukturwandel in der öffentlichen Verwaltung! Kommunalpolitik muß man heutzutage global angehen. Sonst kommen wir wirtschaftlich nie auf die Füße.

Im gleichen Moment tritt Frau Schikaneder Stankoweit auf die Füße.

STANKOWEIT: Man merkt's!

SCHIKANEDER: Wir müssen an die Zukunft denken!

STANKOWEIT: Ach, die Zukunft ist auch nicht mehr das, was sie mal war.

SCHIKANEDER: Menschenskind, Stankoweit! Seien Sie nicht so ein Miesmacher! Ach, wenn ich erst mal in der Pampa bin ...

STANKOWEIT: In was für 'ner Pampe?

SCHIKANEDER: Werden Sie nicht pampig, Stankoweit! Die Pampa ist eine Landschaft in Argentinien. Dort züchten die Argentinier ihre Rinder.

STANKOWEIT: Aha, und was interessiert uns das in Niederbörnicke?

SCHIKANEDER: Denken Sie nur an den Rinderwahnsinn!

STANKOWEIT: Komisch, genau daran hab ich eben gerade denken müssen ...

SCHIKANEDER: Sehen Sie! Und in Argentinien sollen die damit angeblich keine Scherereien haben. Da können wir von denen glatt noch was lernen.

STANKOWEIT: Sehr schön! Bloß haben wir nicht eine einzige Kuh in Niederbörnicke ...

SCHIKANEDER: Ach ja? Das ist mir neu! Sind Sie da sicher?

STANKOWEIT: Jetzt, wo Sie's sagen ..., nicht mehr so ganz ...

SCHIKANEDER: Na, ist ja auch egal. Internationale Beziehungen sind für eine aufstrebende Gemeinde wie Niederbörnicke jedenfalls so oder so unerläßlich. Auch im Hinblick auf die bevorstehenden Kommunalwahlen.

Stankoweit wird von Frau Schikaneder energisch herumgeschleudert.

STANKOWEIT: Und was hat unser kleines Niederbörnicke davon, wenn es auf dem internationalen Parkett äh ... herumgeschleudert wird?

SCHIKANEDER: Internationale Handelsbeziehungen, ausländische Investoren, Kulturaustausch, Friedenspolitik ..., im Prinzip alles, was auch in der Bonner Außenpolitik eine Rolle spielt, halt nur auf kommunaler Ebene.

STANKOWEIT: Da wollen Sie also jetzt von Niederbörnicke aus in der Außenpolitik mitmischen?

SCHIKANEDER: Das war schon immer mein Traum! Was meinen Sie, was man da in der Welt herumkommt, äh ... ich meine natürlich, was Niederbörnicke sich dadurch international für einen Ruf erwirbt!

STANKOWEIT: ... wenn Niederbörnickes Bürgermeisterin in der Welt rumkommt? Laden die Sie eigentlich ein und bezahlen auch die Reise? Ich meine, Sie haben doch neulich selbst gesagt, Niederbörnicke steht am finanziellen Abgrund?

SCHIKANEDER: Man muß auch mal einen Schritt weiter denken können. Ich habe ein paar Umschichtungen im laufenden Haushalt vorgenommen.

Frau Schikaneder verliert etwas die Kontrolle, Stankoweit führt jetzt beim Tanzen und wirft seine Vorgesetzte schwungvoll herum. Sie gerät erkennbar in die Defensive.

STANKOWEIT: Vom Hin- und Herschieben läßt sich Geld doch nicht vermehren. Wenn ich das glauben könnte, möcht ich Theo heißen.

SCHIKANEDER: Davon verstehen Sie nichts, Stankoweit! Es kommt doch nur darauf an, das Geld dahin zu schieben, wo man's am dringendsten braucht.

STANKOWEIT: Dann ist es aber trotzdem woanders futsch. Neulich haben Sie noch gemeint, wir müßten jeden Pfennig sparen. Koste es, was es wolle. Und jetzt so 'ne teure Dienstreise.

SCHIKANEDER: Na ja, sparen müssen wir jetzt natürlich erst recht. Vor allem bei den kommunalen Dienstleistungen, möglicherweise sogar noch ein klein wenig bei uns selbst. Stellen Sie sich vor, ich überlege schon, eventuell nur Touristenklasse zu fliegen.

STANKOWEIT: Vielleicht sollten Sie auch mal überlegen, eventuell gar nicht zu fliegen?

SCHIKANEDER: Wie, nicht fliegen? Eine Kreuzfahrt kommt doch noch viel teurer!

STANKOWEIT: Nee, ich meine, wir könnten ja auch erst mal nur 'ne Brieffreundschaft mit unserer Partnerstadt pflegen.

SCHIKANEDER: Brieffreundschaft?

STANKOWEIT: Jawohl, warum nicht? Ich hätt' da übrigens von meinem vorigen Job her noch 'nen heißen Draht zu ganz tollen Sondermarken.

SCHIKANEDER: Schwachsinn! Sie wissen doch, Stankoweit! Bei jedem Problem gibt es zwei Standpunkte: meinen ...

STANKOWEIT: ... und den falschen.

SCHIKANEDER: Eben!

STANKOWEIT: Und manchmal fallen auch die noch zusammen ...

SCHIKANEDER: Jetzt reicht's aber! Nehmen Sie Vernunft an, Stankoweit!

STANKOWEIT: Ich darf nichts annehmen, ich bin Beamter!

Frau Schikaneder wird unversehens wieder kühl und sachlich und schaltet die Musik ab.

SCHIKANEDER: Mischen Sie sich nicht immer in Dinge ein, die über Ihren beschränkten Horizont hinausgehen. Kümmern Sie sich lieber mal um Ihre eigenen Aufgaben, Stankoweit. Da muß ich Ihnen wohl mal auf die Füße treten.

STANKOWEIT: Danke, das haben Sie eben schon genug getan.

(...)

Schwarzarbeit

Autor: Gunter Antrak

INHALT:
Stankoweit geht eine anonyme Anzeige zu, die den Fleischer Rostmann beschuldigt, Schwarzarbeiter zu beschäftigen. Da sich Reschke bei Frau Schikaneder einkratzen will, veranlaßt er die sofortige Schließung des Ladens, denn Rostmann gehört zur politischen Opposition und ist scharf auf den Bürgermeisterposten. Eine weitere anonyme Anzeige betrifft die Gemeindeverwaltung selbst: Auch sie wird bezichtigt, in ihren Reihen einen Schwarzarbeiter zu haben. In seinem Pflichteifer verdächtigt der unbedarfte Reschke sogleich Freund Stankoweit. Der aber entdeckt schon bald, daß die Bürgermeisterin Reschkes Stelle aus EU-Fördertöpfen finanziert. Mit Geldern also, die eigentlich dafür vorgesehen sind, in Unternehmen wie Rostmanns Fleischerei Vollbeschäftigung zu sichern ... Und so belastet jeder jeden – das Chaos ist perfekt. Es fehlt nur noch die Presse. Schließlich entpuppt sich der bürgerbewegte Kowalski als anonymer Briefeschreiber ... Stankoweit behält einen kühlen Kopf und rückt – mit ein paar geschickten Schachzügen – das Gemeindeleben wieder zurecht.

Im Wartezimmer sitzt wie üblich Jungmann auf seinem Stammplatz, diagonal gegenüber lauert Kowalski auf Stankoweit.

STANKOWEIT: Guten Morgen, Herr Jung...äh, Herr Altmann! Sie kommen dann sofort dran! Guten Mor... (*erkennt Kowalski*) So früh hab ich Sie noch nicht erwartet!

KOWALSKI: Es ist jetzt vier nach acht!!!

STANKOWEIT: Um mir das zu sagen, sind Sie extra hierhergekommen?

Das mußte doch nicht sein! Aber trotzdem vielen Dank, Herr Kowalski! Danke! (*will gehen*)

KOWALSKI: Ich protestiere dagegen!

STANKOWEIT: Daß es vier nach acht ist? Dagegen kann man nichts machen!

KOWALSKI: Daß ich als Repräsentant der Bürgerbewegung »Spinat für alle!!!« hier so lange warten muß! Ich verlange, daß diese kleinliche Behördenschikane aufhört!

STANKOWEIT: Entschuldigen Sie vielmals! Sie haben natürlich das Recht, *großzügig* schikaniert zu werden! Kommen Sie um elfe wieder! (*ab*)

Stankoweit betritt den Amtsraum, begrüßt den Arbeiter, der die Fenster putzt, mit einem Winken.

ARBEITER: Tach, Herr Stankoweit!

STANKOWEIT: Moin, Rudi!

Reschke, über seine Arbeit gebeugt, knurrt etwas. Der Arbeiter trällert »Heut ist der schönste Tag in meinem Leben«. Während Stankoweit seine Freude an dem fröhlichen Gesang hat, fühlt sich Reschke dadurch genervt. Er zerknüllt das eben beschriebene Formular und wirft es wütend weg. Der Arbeiter wechselt in »Ja, das Schreiben und das Lesen«.

RESCHKE: Ist hier endlich mal Ruhe?! Das ist ein Gemeindeamt und keine Oper!

ARBEITER: Ich bin schon fertig, Herr Reschke! (*schnell ab*)

RESCHKE: Da soll sich ein Mensch konzentrieren!

STANKOWEIT: Zwei!

RESCHKE: Was?

STANKOWEIT: Da sollen sich zwei Menschen konzentrieren! Ich bin jetzt auch da!

RESCHKE: Als ich das sagte, habe ich nur an mich gedacht!

STANKOWEIT: Du warst schon immer ein Egoist!

RESCHKE: Wenn es dich beruhigt, ich sage von jetzt an gar nichts mehr!

STANKOWEIT: Hoffentlich! Bei deinem Gequatsche soll sich ein Mensch konzentrieren!

RESCHKE: Zwei!

Es klopft.

RESCHKE: Herein! ... Herein!!

STANKOWEIT: Ich denke, du sagst nichts mehr?

RESCHKE: Das ist dienstlich! ... Herein!!!

Unter die Tür wird ein Brief geschoben. Reschke will zur Tür.

STANKOWEIT: (*drückt ihn auf den Stuhl*) Du redest! Ich handle! (*spurtet zur Tür, reißt sie auf*) Niemand da!

RESCHKE: Hast du gedacht, derjenige wartet auf dich?

STANKOWEIT: Der Brief ist ohne Absender!

RESCHKE: Anonym nennt man das!

STANKOWEIT: Das weiß ich auch! (*öffnet den Brief, liest*) Ich möchte Sie von der Tatsache in Kenntnis setzen, daß Fleischermeister Rostmann

illegal Schwarzarbeiter beschäftigt. Ein verantwortungsbewußter Bürger!

RESCHKE: Rostmann? Erweitert der nicht gerade seinen Betrieb?

STANKOWEIT: Damit er künftig die ganze Gegend mit Fleisch und Wurst beliefern kann! Nu!

RESCHKE: Das ist verdächtig!

STANKOWEIT: Das ist nicht verdächtig, das schafft Arbeitsplätze!

RESCHKE: Das ist noch verdächtiger! Ein anständiger Betrieb geht in diesen schweren Zeiten pleite, aber erweitert nicht!

STANKOWEIT: Sei froh, Rudi, daß der Rostmann das tut! Dadurch kriegen wir als Gemeinde auch ä bissel mehr Geld in die Kasse!

RESCHKE: Das dürfen wir nicht zulassen! (*erhebt sich entschlossen*)

STANKOWEIT: Rudi, bitte, tu nichts Unüberlegtes!

RESCHKE: Ich tue, was ich tun muß!

STANKOWEIT: Das letzte Mal, als du tun tatst, was du tun mußtest, hast du den ganzen Ort geflaggt!

RESCHKE: Sie hatten schließlich im Radio gebracht, daß Helmut nach Brandenburg kommt!

STANKOWEIT: Ja, aber das Hochdruckgebiet Helmut und nicht der Bundeskanzler! Rudi, hör auf mich!

RESCHKE: Ich höre auf das, was mir meine Pflicht sagt!

STANKOWEIT: Das ist ja das Schlimme! (*kopfschüttelnd*) ... Wenn man einem Deutschen ein Amt gibt!

RESCHKE: Ich bin kein Deutscher, ich bin ABM-Kraft! *Ich muß mich anstrengen, um in diesem Amt mal ein Amt zu kriegen! Nicht wie du!* (ab)

STANKOWEIT: (*dreht unschlüssig den Brief in den Händen*) Was mach ich 'n nun mit dir? Das sollen andere entscheiden!

Er geht mit dem Brief zur Tür der Bürgermeisterin, will schon anklopfen, überlegt es sich dann anders, schiebt den Brief unter die Tür, klopft und rennt zu seinem Schreibtisch.

BÜRGERMEISTERIN: *(von drinnen)* Herein! ... Herein!!

STANKOWEIT: Wenn sie jetzt »Herrgott noch mal« sagt ...

BÜRGERMEISTERIN: *(von drinnen)* Herrgott noch mal! Herein!!!

STANKOWEIT: ... dann wird das heute wieder ein ›sehr schöner‹ Tag!

Die Tür wird aufgerissen. Die Bürgermeisterin erscheint mit dem Brief.

BÜRGERMEISTERIN: Waren Sie das?

STANKOWEIT: Nein, das war ein anonymer Briefschreiber! Ich habe Ihnen nur die äußeren Begleitumstände der Informationsübermittlung detailgetreu vermittelt, damit Sie sich ein wirklichkeitsnahes Bild ...

BÜRGERMEISTERIN: Der Rostmann! Beschäftigt also Schwarzarbeiter! Sieh an! Sieh an!

STANKOWEIT: Das ist noch nicht bewiesen! Reschke prüft grade, ob ...

BÜRGERMEISTERIN: Selbstverständlich ist Rostmann schuldig!

STANKOWEIT: Woher wissen Sie das?

BÜRGERMEISTERIN: Rostmann ist in der SPD ...!

STANKOWEIT: Es gibt auch anständige Menschen da drin!

BÜRGERMEISTERIN: ... und damit ist er mein politischer Gegner! Wissen Sie, was das heißt?

STANKOWEIT: Nu klar! Der Rostmann ist immer verantwortlich, wofür er gar ni verantwortlich ist, während Sie nie verantwortlich sind, wofür Sie eigentlich verantwortlich sind!

BÜRGERMEISTERIN: Herr Stankoweit, noch mehr solche *Wahrheiten*, und hier ist jemand ganz schnell ersetzbar!

STANKOWEIT: Entschuldigung, ich hatte vergessen, daß Wahrheit in der Politik nichts zu suchen hat!

BÜRGERMEISTERIN: Was für ein furchtbarer Mensch dieser Rostmann ist, sehen Sie doch schon daran, daß er Bürgermeister werden will!

STANKOWEIT: Zum Heulen, wer heute alles Bürgermeister ist ... werden will!

BÜRGERMEISTERIN: Rostmann ist erledigt! Und ich danke Gott, daß ich nie etwas mit ihm zu tun hatte!

STANKOWEIT: Das wundert mich aber! Bei Ihrem letzten Empfang haben Sie die kalten Platten bei ihm bestellt!

BÜRGERMEISTERIN: Ich kann mich nicht erinnern!

STANKOWEIT: Nee? Sie waren doch noch so zufrieden mit dem herrlichen Rostbeaf und dem zarten Schinken!

BÜRGERMEISTERIN: Ich kann mich nicht erinnern!

STANKOWEIT: Und vor allem mit dem Freundschaftspreis, den er Ihnen zuliebe gemacht hat!

BÜRGERMEISTERIN (scharf): Ich kann mich nicht erinnern!

STANKOWEIT: Aber das ist doch noch gar nicht lange her ...

BÜRGERMEISTERIN (noch immer scharf): Ich kann mich nicht erinnern!

STANKOWEIT: Ach, jetzt versteh ich endlich! Sie haben recht! Ich kann mich plötzlich auch nicht mehr erinnern!

BÜRGERMEISTERIN: Herr Stankoweit! Maßen Sie sich hier keine Privilegien an, die Ihnen nicht zustehen!

STANKOWEIT: Gut, dann erinnere ich mich eben! Das kann ja auch jeder wissen, daß Sie von Rostmann ...

BÜRGERMEISTERIN: Ich will in diesem einen Falle eine Ausnahme machen! Aber lassen Sie Ihre Gedächtnislücken nicht zur Gewohnheit werden!

STANKOWEIT: Ich bin doch kein Politiker!

BÜRGERMEISTERIN: Sie informieren im Fall Rostmann sofort die Presse! Endlich habe ich etwas gegen den sauberen Genossen in der Hand!

STANKOWEIT: Und wenn sich alles als Irrtum rausstellt?

BÜRGERMEISTERIN: Unsere Bürgerinnen und Bürger haben das Recht, die Wahrheit zu erfahren, auch wenn sie sich nachher als Irrtum erweist!

STANKOWEIT: Das wußte ich nicht!

BÜRGERMEISTERIN: Tenor der Information an die Presse: Skandal im roten Schlachthaus von Niederbörnicke!

STANKOWEIT: Das bringe ich nicht übers Herz!

BÜRGERMEISTERIN: Sie sollen es auch nicht übers Herz bringen, sondern über Ihre Lippen! *(ab)*

STANKOWEIT: Das wird wirklich ein schöner Tag! Die Bürgermeisterin stänkert! Ich bin ersetzbar!

Reschke kehrt stolz zurück.

STANKOWEIT: Und jetzt kommst du auch noch!

RESCHKE: Ich habe dem Rostmann gezeigt, wer in Niederbörnicke das Sagen hat!

STANKOWEIT: Du natürlich!

RESCHKE: Das Gesetz!

STANKOWEIT: Und das Gesetz bist ja du!

RESCHKE: Seine miese Wurstbude ist von jetzt an geschlossen! Ha!!!

STANKOWEIT: Der Rostmann hat wirklich Schwarzarbeiter?

RESCHKE: Du glaubst gar nicht, wie gut das tut!

STANKOWEIT: Aber du mußtest doch nicht gleich den ganzen Laden dichtmachen! Das geht doch auch anders!

RESCHKE: Null Toleranz! Wenn wir nicht aufpassen, haben wir letzten Endes Schwarzarbeiter sogar hier im Gemeindeamt!

STANKOWEIT: Rudi, mir graut vor dir!

(…)

Stankoweit probt den Aufstand

Autorin: Inge Ristock

INHALT:
Niederbörnicke soll ein neues Klärwerk bekommen. Die Bürgermeisterin hat den Bauauftrag ihrem Schwager in Potsdam zugeschanzt, und der hat das Ganze völlig überdimensional und damit überteuert geplant. Als Reschke und Stankoweit die Anschlußkosten vom Abwasserzweckverband erfahren, werden die Gesichter lang, denn die Nachbargemeinden haben wesentlich günstigere Entsorgungsbedingungen. Frau Schikaneder, in die Klemme geraten, verspricht Abhilfe durch die Zusammenlegung von Niederbörnicke und Oberbörnicke – eine Strukturreform, die wiederum einige Kosten mit sich bringt ... Nun reicht es Reschke, Kowalski, Frau Kaiser und Stankoweit, und sie proben den Aufstand. Indem sie beabsichtigen, eine »Enklave Kleinbörnicke« zu bilden, müßte die Bürgermeisterin ohne Volk in die Vereinigung ziehen – und damit ohne Posten. Also wechselt Frau Schikaneder flugs die Seiten: Sie setzt nicht nur niedrigere Anschlußkosten durch, auch die nötigen Installationsarbeiten werden ansässigen Handwerkern übertragen. Stankoweits letzter Kommentar zu ihrer neuen Kommunalpolitik: »Eigentlich haben wir so was wie Sie gar ni verdient.«

(...)

STANKOWEIT: Wo wollen Sie denn nun schon wieder hin?

SCHIKANEDER: Ehe Sie vor Neugier platzen: Ich fahre zum Bürgermeister von Oberbörnicke zum Finanzgipfel.

STANKOWEIT: Was denn für 'n Finanzgipfel? Unsre Gemeinde besteht doch nur noch aus Finanzlöchern: Een Finanzloch ... und noch 'n Finanzloch ... und noch 'n Finanzloch ...

SCHIKANEDER: Oberbörnicke geht es nicht anders, und eben deshalb wollen wir beraten, wie wir diese Finanzlöcher stopfen können.

RESCHKE: Wenn ich Sie recht verstanden habe, Frau Bürgermeister, wollen Sie ein Finanzloch mit einem anderen Finanzloch stopfen. Geht das?

STANKOWEIT: Rudi, haste in Mathe ni uffgepaßt? Minus mal minus ergibt plus. Und Loch mal Loch ergibt ... Waigel rechnet ooch ni anders.

SCHIKANEDER: Aber zwischen den einzelnen Löchern muß es doch etwas geben, was die Löcher so quasi voneinander trennt?

STANKOWEIT: Verstehe, Frau Bürgermeister. Sie suchen gewissermaßen das finanzielle Nichtloch?

SCHIKANEDER: Sie haben das Problem erkannt, Herr Stankoweit.

STANKOWEIT: Und mit diesen Nichtlöchern wollen Sie die Finanzlöcher stopfen?

SCHIKANEDER: Genau so.

STANKOWEIT: Im Ergebnis dieser Bemühungen hätten Sie dann folgendes: Wo früher ein Finanzloch war – ist dann ein Nichtloch. Und wo früher ein Nichtloch war, ist dann ein Finanzloch.

RESCHKE: Genial, Frau Bürgermeister.

STANKOWEIT: Vor allem zeigt es: In unserer Gemeinde gibt es keinen Stillstand. Es kommt Bewegung in die Pleiten. Mal ist das eine Ressort pleite, mal ist das andre Ressort pleite ... Immer was los in Niederbörnicke.

SCHIKANEDER: Wissen Sie eine bessere Lösung?

STANKOWEIT: Wenn ich die wüßte, wär ich ni Unterfuzzi in Niederbörnicke, sondern Oberfuzzi in Bonn.

SCHIKANEDER: Gegen Mittag bin ich zurück. Und falls es in der Gemeinde Diskussionen gibt wegen der Kanalisation, ich erwarte von Ihnen Loyalität. Argumentieren Sie so: Das Projekt schafft Arbeitsplätze.

Frau Bürgermeister geht ab.

STANKOWEIT: Das machen di in Bonn ooch immer so, wenn sie uns wieder mal zur Kasse bitten. – Rudi, nun scher dich gefälligst hinter deinen Schreibtisch. Der nächste bitte!

RESCHKE *(setzt sich):* 15.000 ... Wenn man jünger wär, könnte man Kredit aufnehmen oder eine Bank überfallen ...

Herr und Frau Kowalski kommen herein.

HERR KOWALSKI: Herr Stankoweit, das lassen wir uns nicht bieten. Wir protestieren gegen den Zwangsanschluß!

STANKOWEIT: Und da kommen Sie erst jetzt? Nach acht Jahren? Jetzt ist alles geloofen.

FRAU KOWALSKI: Wir meinen den Zwangsanschluß an die Abwasserentsorgung.

HERR KOWALSKI: Wir haben unsren eignen Brunnen.

FRAU KOWALSKI: Und unsre eigne Sickergrube!

HERR KOWALSKI: Wir wollen diese chemiedurchsetzte Plempe aus dem Wasserhahn nicht!

FRAU KOWALSKI: Unser Großvater hat sein Leben lang aus dem Brunnen getrunken. 104 Jahre alt ist er geworden!

STANKOWEIT: Jetzt wiß'mer endlich, wer für die Rentnerschwemme verantwortlich ist: Die Brunnenbesitzer, die das verseuchte Leitungswasser ni trinken wollen. Blüms Lebensbaum wächst in Kowalskis Garten.

FRAU KOWALSKI: Und das Abwasser kommt an die Tomaten!

HERR KOWALSKI (zeigt): Solche Apparate, sag ich Ihnen! Wir lassen uns nicht zwangsanschließen! Wir protestieren!

RESCHKE (verläßt seinen Schreibtisch und will hinter den Tresen): Wolle, damit du Bescheid weißt: Ich schließe mich diesem Protest an.

STANKOWEIT: Rudi, du hältst dich da raus und setzt dich dorthin. (er zerrt ihn hinter den Schreibtisch)

RESCHKE: Ich will aber keine 15.000 zahlen für etwas, was ich nicht brauche.

STANKOWEIT: Du bist jetzt Amtsperson, wenn auch nur ABM, du hast gar nischt zu wollen.

FRAU KOWALSKI: Mit welchem Recht maßt sich dieser Abwasserzweckverband an, uns soviel Geld aus der Tasche zu ziehen?

STANKOWEIT: Mir leben jetzt in der Freiheit. Da hat jeder das Recht, dem andern das Geld aus der Tasche zu ziehen.

RESCHKE: Das funktioniert leider nur von oben nach unten, Wolle.

STANKOWEIT: Seht es doch mal positiv: Das Projekt schafft Arbeitsplätze.

HERR KOWALSKI: Aber nicht auf meine Kosten! Ich beantrage, mich von diesem Anschlußzwang zu befreien.

STANKOWEIT: Gemeinderatsbeschlüsse sind wie der Euro. Eemal beschlossen und mer muß durch.

HERR KOWALSKI: Dann kann ich auch anders, Herr Stankoweit: Unser Grundstück liegt im Grenzgebiet zwischen Ober- und Niederbörnicke. Als Folge des 30jährigen Krieges wurde es anno 1648 widerrechtlich an Niederbörnicke angeschlossen. Ich protestiere gegen diesen Willkürakt! Ich beantrage die Entlassung aus der Gemeinde Niederbörnicke und den Anschluß an Oberbörnicke.

STANKOWEIT: Was wollen Sie??

HERR KOWALSKI: Ich beantrage den Anschluß an Oberbörnicke.

STANKOWEIT: Ach, umziehen wollen Sie? Könn'se doch.

FRAU KOWALSKI: Na hör mal, René, ich zieh doch nicht um! Ich hab hier mein Haus!

HERR KOWALSKI: Wer behauptet denn, daß du umziehen sollst?

FRAU KOWALSKI: Na du eben!

HERR KOWALSKI: Warum kannst du nie richtig zuhören? Unser Haus geht natürlich mit.

FRAU KOWALSKI: Unser Haus kann nicht gehen, René. Das steht, wo es steht. Und zwar ziemlich fest.

HERR KOWALSKI: Bist du heute mal wieder dröge im Kopf. Unser Grundstück wird aus Niederbörnicke ausgegliedert und Oberbörnicke angeschlossen.

STANKOWEIT: Das ist doch Blödsinn, Herr Kowalski.

RESCHKE Wenn es Blödsinn ist, hat es hierzulande wenigstens Aussicht auf Erfolg.

HERR KOWALSKI: Wenn wir erst Oberbörnicke gehören, können uns die Gemeinderatsbeschlüsse von Niederbörnicke gestohlen bleiben.

STANKOWEIT: Herr Kowalski, Oberbörnicke is ä penibles Städtchen. Vor jeder Tür liegt ä Abtreter, über jedem Abtreter liegt ä Schonbezug. Und uff jedem Schonbezug liegt ä Häkeldeckchen. Die warten grade uff Sie. Uff Ihrem Grundstück steht doch das Unkraut unter Artenschutz.

FRAU KOWALSKI: Herr Stankoweit, nehmen Sie bitte zur Kenntnis: Wir haben ein Öko-Grundstück. Da darf jedes Pflänzchen ganz natürlich wachsen.

HERR KOWALSKI: Herr Stankoweit, ich bitte Sie, unseren Antrag zu Protokoll zu nehmen.

Reschke kommt hinter seinem Schreibtisch vor und stellt sich zu den Kowalskis.

RESCHKE: Wolle, ich schließe mich den Kowalskis an. Mich kannste auch gleich ins Protokoll aufnehmen. Ich bin jetzt wieder Beschwerdebürger!

STANKOWEIT: Jetzt knallt der ooch noch durch! Rudi, deine Hütte liegt mitten in Niederbörnicke! Wie soll die an Oberbörnicke angeschlossen werden?

RESCHKE: Das ist mir scheißegal. Dann bilde ich eben eine Enklave.

STANKOWEIT *(zeigt einen Vogel):* Die freie Enklave Rudi Reschke. Mit diplomatischen Beziehungen zu Niederbörnicke. Also gut, Leute, ich rufe jetzt erst mal Oberbörnicke an, ob die euch überhaupt wollen.

Stankoweit wählt, dann ins Telefon:

STANKOWEIT: Frau Vogelsang, meine Gute, hier is Stankoweit. Hören Sie uff! Nur noch Streß. Unser Dorfquerulant vom Dienst nervt mich.

Der möchte mitsamt seinem Grundstück Ihrer Gemeinde angegliedert werden, weil er denkt ... Was?! ... Seit wann? ... Na, das is ja ä dicker Hund ... Kriegen Sie ooch Abwasserleitung? ... Aha. Und wieviel müssen Sie zahlen? ... Aha! ... Oho! ... Der Hund wird ja immer dicker! ... Frau Vogelsang, ich danke Ihnen. Natürlich bleibt das alles unter uns.

Stankoweit legt auf.

HERR KOWALSKI: Und? Nehmen sie uns?

STANKOWEIT: Sie nehmen uns, Herr Kowalski. ALLE ! Ober- und Niederbörnicke werden vereinigt. Haben unsre beeden Bürgermeister soeben beschlossen.

HERR KOWALSKI: Und was soll das bringen?

STANKOWEIT: Raus aus der Finanzkrise – rein in die blühenden Landschaften.

RESCHKE: Bitte, bitte nicht noch eine Wiedervereinigung! Ich hab die deutsche Einigung noch nicht verkraftet, die von Börnicke überlebe ich nicht.

STANKOWEIT: Und wißt ihr, warum die Abwasserentsorgung so teuer wird? Die Kläranlagen wurden drei Nummern zu groß gebaut. Irgendwer muß ja die Kosten der Fehlplanung bezahlen.

FRAU KOWALSKI: Der dumme Zwangsanschlußverbraucher.

RESCHKE: Und warum haben wir uns nicht dem Abwasserzweckverband von Kallinchen angeschlossen? Da kostet es nur 5.000.

HERR KOWALSKI: Das kann ich Ihnen sagen: Der Geschäftsführer des Abwasserzweckverbandes von Oberbörnicke ist ein Schwager des Gatten unsrer verehrten Frau Bürgermeister.

STANKOWEIT: Jetzt reicht's mir aber! Jetzt is Schluß mit der Loyalität. Jetzt wird gehandelt. Herrschaften, ich nehm das jetzt mal selber in die Hand!

HERR KOWALSKI: Wie meinen Sie das?

STANKOWEIT Wir alle beantragen die Entlassung aus dem Gemeindeverband Niederbörnicke und gründen die selbständige kommunale Einheit Kleinbörnicke.

HERR KOWALSKI: Genial! Dann bestimmen wir selber, wo wir angeschlossen werden und zu welchen Bedingungen!

RESCHKE: Wolle, du bist der Größte! Du wirst Bürgermeister von Kleinbörnicke.

STANKOWEIT: Hier sind Papier und Stift. Ich bitte Sie, Ihre Anträge draußen zu formulieren.

(...)

Nu, nu, geht klar

Text: Gunter Antrak / *Musik:* Detlef Rothe

Nu, nu, geht klar,
das mach mer schon.
Ich bin doch hier
die Amtsperson!

Nu, nu, geht klar,
das krieg mer hin –
Ich und die
Bürgermeisterin.

Ein Stempel drauf,
dann ist es gut.
Und in der Ab-
lage da ruht,
was Sie betrifft
nach Dienstvorschrift.
Nu, nu, geht klar!

Egal, was kommt,
ich sage prompt:
nu, nu, geht – klar!

Nu, nu, geht klar!
Es wird schon gehen.
Ich kümm're mich,
Sie ham's gesehen:

Nu, nu, geht klar,
und sein 'se froh,
bei uns herrscht Ordnung
im Büro:

Gibt's e Problem,
ob klein, ob groß,
nu, nu, geht klar,
das wer'n mer los!
Egal, wie's kommt,
ich sage prompt:
Nu, nu, geht klar!

Es kommt, wie's muß.
Doch jetzt ist Schluß!
Nu, nu, geht – klar!

Anhang

*Der doppelte Salto im Überblick –
Stab- und Besetzungslisten von »Salto Postale« und
»Salto Kommunale«*

Salto Postale

1. Staffel
(mit dem Untertitel: Heitere Geschichten aus einem Postamt in Potsdam)

**1. Folge
Der Einschreibebrief**
Regie: Bernhard Stephan – Buch: Inge Ristock – Produzent: Alfried Nehring – Produktionsleitung: Jochen Kather – Redaktion: Horst-Christian Tadey – Kamera: Henry Sellnick – Bühnenbild: Peter Wilde – Kostüme: Anna Kampmann – Musik: Sebastian Krummbiegel – Länge: ca. 28 Minuten – Erstsendung: 7.5.1993 – Eine Produktion der Polyphon für das ZDF.
Darsteller: Wolfgang Stumph (Wolfgang Stankoweit), Hans-Jürgen Schatz (Maximilian Mäßig), Achim Wolff (Rudi Reschke), Myriam Stark (Yvonne), Gunter Antrak (Klatschbier), Christel Peters (Frau Kaiser), Christiane Reiff (Rosi Stankoweit), Gojko Mitic (Arthur Miller).

**2. Folge
Der Postraub**
Regie: Bernhard Stephan – Buch: Gunter Antrak – Produzent: Alfried Nehring – Produktionsleitung: Jochen Kather – Redaktion: Horst-Christian Tadey – Kamera: Henry Sellnick – Bühnenbild: Peter Wilde – Kostüme: Anna Kampmann – Musik: Sebastian Krummbiegel – Länge: ca. 28 Minuten – Erstsendung: 14.5.1993 – Eine Produktion der Polyphon für das ZDF.
Darsteller: Wolfgang Stumph (Wolfgang Stankoweit), Hans-Jürgen Schatz (Maximilian Mäßig), Achim Wolff (Rudi Reschke), Myriam Stark (Yvonne), Gunter Antrak (Klatschbier), Christel Peters (Frau Kaiser), Michael Kausch (Posträuber), Peter Mohrdieck (Polizeimeister).

**3. Folge
Dienst nach Vorschrift**
Regie: Bernhard Stephan – Buch: Inge Ristock – Produzent: Alfried Nehring – Produktionsleitung: Jochen Kather – Redaktion: Horst-Christian Tadey – Kamera: Henry Sellnick – Bühnenbild: Peter Wilde – Kostüme: Anna Kampmann – Musik: Sebastian Krummbiegel – Länge: ca. 28 Minuten – Erstsendung: 21.5.1993 – Eine Produktion der Polyphon für das ZDF.
Darsteller: Wolfgang Stumph (Wolfgang Stankoweit), Hans-Jürgen Schatz (Maximilian Mäßig), Achim Wolff (Rudi Reschke), Myriam

Stark (Yvonne), Gunter Antrak (Klatschbier), Christel Peters (Frau Kaiser), Helen Vita (Mäßigs Schwiegermutter), Jockel Tschiersch (Detlef Bresicke), Peter Mohrdieck (Polizeimeister).

4. Folge:
Die Inspektion
Regie: Bernhard Stephan – *Buch:* Gunter Antrak – *Produzent:* Alfried Nehring – Produktionsleitung: Jochen Kather – Redaktion: Horst-Christian Tadey – Kamera: Jens Jüttner – Bühnenbild: Peter Wilde – Kostüme: Anna Kampmann – Musik: Sebastian Krummbiegel – Länge: ca. 28 Minuten – Erstsendung: 28.5.1993 – Eine Produktion der Polyphon für das ZDF.
Darsteller: Wolfgang Stumph (Wolfgang Stankoweit), Hans-Jürgen Schatz (Maximilian Mäßig), Achim Wolff (Rudi Reschke), Myriam Stark (Yvonne), Gunter Antrak (Klatschbier), Christel Peters (Frau Kaiser), Wolfgang Lippert (Werner Schulze), Heinrich Möller (Stolpes Doppelgänger), Peter Mohrdieck (Polizeimeister).

5. Folge
Das geheimnisvolle Paket
Regie: Bernhard Stephan – *Buch:* Inge Ristock – *Produzent:* Alfried Nehring – Produktionsleitung: Jochen Kather – Redaktion: Horst-Christian Tadey – Kamera: Jens Jüttner – Bühnenbild: Peter Wilde – Kostüme: Anna Kampmann – Musik: Sebastian Krummbiegel – Länge: ca. 28 Minuten – Erstsendung: 4.6.1993 – Eine Produktion der Polyphon für das ZDF.
Darsteller: Wolfgang Stumph (Wolfgang Stankoweit), Hans-Jürgen Schatz (Maximilian Mäßig), Achim Wolff (Rudi Reschke), Myriam Stark (Yvonne), Gunter Antrak (Klatschbier), Christel Peters (Frau Kaiser), Harald Effenberg (Mann mit Brille), Peter Mohrdieck (Polizeimeister).

6. Folge
Die Versetzung
Regie: Bernhard Stephan – *Buch:* Gunter Antrak – *Produzent:* Alfried Nehring – Produktionsleitung: Jochen Kather – Redaktion: Horst-Christian Tadey – Kamera: Jens Jüttner – Bühnenbild: Peter Wilde – Kostüme: Anna Kampmann – Musik: Sebastian Krummbiegel – Länge: ca. 28 Minuten – Erstsendung: 11.6.1993 – Eine Produktion der Polyphon für das ZDF.
Darsteller: Wolfgang Stumph (Wolfgang Stankoweit), Hans-Jürgen Schatz (Maximilian Mäßig), Achim Wolff (Rudi Reschke), Myriam Stark (Yvonne), Gunter Antrak (Klatschbier), Christel Peters (Frau Kaiser), Jochen Busse (Oberpostinspektor Schneiderlein).

2. Staffel

1. Folge
Das Reisebüro
Regie: Stefan Lukschy – *Buch:* Gunter Antrak – *Produzent:* Alfried Nehring – Produktionsleitung: Jochen Kather – Redaktion:

Horst-Christian Tadey – Kamera: Jens Jüttner – Bühnenbild: Peter Wilde – Kostüme: Anneliese Pulst – Musik: Sebastian Krummbiegel – Länge: ca. 28 Minuten – Erstsendung: 23.1.1994 – Eine Produktion der Polyphon für das ZDF.
Darsteller: Wolfgang Stumph (Wolfgang Stankoweit), Hans-Jürgen Schatz (Maximilian Mäßig), Achim Wolff (Rudi Reschke), Beatrice Richter (Franziska Velten), Gunter Antrak (Klatschbier), Christel Peters (Frau Kaiser), Schauorchester »Ungelenk«.

2. Folge
Das Dienstjubiläum
Regie: Stefan Lukschy – Buch: Inge Ristock – Produzent: Alfried Nehring – Produktionsleitung: Jochen Kather – Redaktion: Horst-Christian Tadey – Kamera: Jens Jüttner – Bühnenbild: Peter Wilde – Kostüme: Anneliese Pulst – Musik: Sebastian Krummbiegel – Länge: ca. 28 Minuten – Erstsendung: 30.1.1994 – Eine Produktion der Polyphon für das ZDF.
Darsteller: Wolfgang Stumph (Wolfgang Stankoweit), Hans-Jürgen Schatz (Maximilian Mäßig), Achim Wolff (Rudi Reschke), Beatrice Richter (Franziska Velten), Gunter Antrak (Klatschbier), Christel Peters (Frau Kaiser), Gunda Ebert (Simone Reschke).

3. Folge
Fliegen haben kurze Beine
Regie: Stefan Lukschy – Buch: Dieter Lietz – Produzent: Alfried Nehring – Produktionsleitung: Jochen Kather – Redaktion: Horst-Christian Tadey – Kamera: Jens Jüttner – Bühnenbild: Peter Wilde – Kostüme: Anneliese Pulst – Musik: Sebastian Krummbiegel – Länge: ca. 28 Minuten – Erstsendung: 6.2.1994 – Eine Produktion der Polyphon für das ZDF.
Darsteller: Wolfgang Stumph (Wolfgang Stankoweit), Hans-Jürgen Schatz (Maximilian Mäßig), Achim Wolff (Rudi Reschke), Beatrice Richter (Franziska Velten), Gunter Antrak (Klatschbier), Christel Peters (Frau Kaiser), Gert Burkard (Professor Schulze-Schmargendorf).

4. Folge
Neues Management
Regie: Stefan Lukschy – Buch: Inge Ristock – Produzent: Alfried Nehring – Produktionsleitung: Jochen Kather – Redaktion: Horst-Christian Tadey – Kamera: Jens Jüttner – Bühnenbild: Peter Wilde – Kostüme: Anneliese Pulst – Musik: Sebastian Krummbiegel – Länge: ca. 28 Minuten – Erstsendung: 13.2.1994 – Eine Produktion der Polyphon für das ZDF.
Darsteller: Wolfgang Stumph (Wolfgang Stankoweit), Hans-Jürgen Schatz (Maximilian Mäßig), Achim Wolff (Rudi Reschke), Beatrice Richter (Franziska Velten), Gunter Antrak (Klatschbier), Christel Peters (Frau Kaiser), Gunda Ebert (Simone Reschke).

5. Folge
Urlaubs-Reife
Regie: Stefan Lukschy – Buch: Dieter Lietz – Produzent: Alfried Nehring – Produktionsleitung: Jochen Kather – Redaktion: Horst-Christian Tadey – Kamera: Eric Nohl – Bühnenbild: Peter Wilde – Kostüme: Anneliese Pulst – Musik: Sebastian Krummbiegel – Länge: ca. 28 Minuten – Erstsendung: 20.2.1994 – Eine Produktion der Polyphon für das ZDF.
Darsteller: Wolfgang Stumph (Wolfgang Stankoweit), Hans-Jürgen Schatz (Maximi-

lian Mäßig), Achim Wolff (Rudi Reschke), Beatrice Richter (Franziska Velten), Gunter Antrak (Klatschbier), Christel Peters (Frau Kaiser), Gunda Ebert (Simone Reschke), Helen Vita (Mäßigs Schwiegermutter), Erich Schwarz (Boto von Blasewitz).

6. Folge
Die Vertretung
Regie: Stefan Lukschy – *Buch:* Gunter Antrak – *Produzent:* Alfried Nehring – *Produktionsleitung:* Jochen Kather – *Redaktion:* Horst-Christian Tadey – *Kamera:* Eric Nohl – *Bühnenbild:* Peter Wilde – *Kostüme:* Anneliese Pulst – *Musik:* Sebastian Krummbiegel – *Länge:* ca. 28 Minuten – *Erstsendung:* 27.2.1994 – Eine Produktion der Polyphon für das ZDF.
Darsteller: Wolfgang Stumph (Wolfgang Stankoweit), Hans-Jürgen Schatz (Maximilian Mäßig), Achim Wolff (Rudi Reschke), Beatrice Richter (Franziska Velten), Gunter Antrak (Klatschbier), Christel Peters (Frau Kaiser), Günter Junghans (Oberinspektor), Emilio de Marchi (1.Kunde/Italiener), Frieder Venus (2.Kunde), Ernst-Georg Schwill (Polizist), Anette Hellwig (Reporterin).

3. Staffel

1. Folge
Kommen und Gehen
Regie: Franz Josef Gottlieb – *Buch:* Gunter Antrak – *Produzent:* Alfried Nehring – *Produktionsleitung:* Jochen Kather – *Redaktion:* Horst-Christian Tadey – *Kamera:* Jens Jüttner – *Bühnenbild:* Peter Wilde – *Kostüme:* Anneliese Pulst – *Musik:* Sebastian Krummbiegel – *Länge:* ca. 28 Minuten – *Erstsendung:* 8.1.1995 – Eine Produktion der Polyphon für das ZDF.
Darsteller: Wolfgang Stumph (Wolfgang Stankoweit), Hans-Jürgen Schatz (Maximilian Mäßig), Achim Wolff (Rudi Reschke), Gunter Antrak (Klatschbier), Christel Peters (Frau Kaiser), Franziska Troegner (Carmen Hubsch), Roberto Blanco (Techniker), Dieter-Thomas Heck (Dagobert Zack).

2. Folge
Ja, die Liebe hat bunte Flügel ...
Regie: Franz Josef Gottlieb – *Buch:* Inge Ristock – *Produzent:* Alfried Nehring – *Produktionsleitung:* Jochen Kather – *Redaktion:* Horst-Christian Tadey – *Kamera:* Jens Jüttner – *Bühnenbild:* Peter Wilde – *Kostüme:* Anneliese Pulst – *Musik:* Sebastian Krummbiegel – *Länge:* ca. 28 Minuten – *Erstsendung:* 15.1.1995 – Eine Produktion der Polyphon für das ZDF.
Darsteller: Wolfgang Stumph (Wolfgang Stankoweit), Hans-Jürgen Schatz (Maximilian Mäßig), Achim Wolff (Rudi Reschke), Gunter Antrak (Klatschbier), Christel Peters (Frau Kaiser), Franziska Troegner (Carmen Hubsch), Elisabeth Volkmann (Madame Reschke).

3. Folge
Kurz vor Sex
Regie: Franz Josef Gottlieb – *Buch:* Gunter Antrak – *Produzent:* Alfried Nehring – *Produktionsleitung:* Jochen Kather – *Redaktion:* Horst-Christian Tadey – *Kamera:* Jens Jüttner – *Bühnenbild:* Peter Wilde – *Kostüme:* Anneliese Pulst – *Musik:* Sebastian Krummbiegel – *Länge:* ca. 28 Minuten – *Erstsendung:* 22.1.1995 – Eine Produktion der Polyphon für das ZDF.
Darsteller: Wolfgang Stumph (Wolfgang

Stankoweit), Hans-Jürgen Schatz (Maximilian Mäßig), Achim Wolff (Rudi Reschke), Gunter Antrak (Klatschbier), Christel Peters (Frau Kaiser), Franziska Troegner (Carmen Hubsch), Karin Gregorek (Frau Dr. Schnäblein-Spraffke), Detlef Rothe (Herr Hellmich).

4. Folge
Bau auf – reiß ab
Regie: Franz Josef Gottlieb – *Buch:* Inge Ristock – *Produzent:* Alfried Nehring – *Produktionsleitung:* Jochen Kather – *Redaktion:* Horst-Christian Tadey – *Kamera:* Jens Jüttner – *Bühnenbild:* Peter Wilde – *Kostüme:* Anneliese Pulst – *Musik:* Sebastian Krummbiegel – *Länge:* ca. 28 Minuten – *Erstsendung:* 29.1.1995 – Eine Produktion der Polyphon für das ZDF.
Darsteller: Wolfgang Stumph (Wolfgang Stankoweit), Hans-Jürgen Schatz (Maximilian Mäßig), Achim Wolff (Rudi Reschke), Gunter Antrak (Klatschbier), Christel Peters (Frau Kaiser), Franziska Troegner (Carmen Hubsch), Winfried Heilmann (Dicker Maurer), Harald Effenberg (Dünner Maurer), Jockel Tschiersch (Bauunternehmer Zielke), Helen Vita (Mäßigs Schwiegermutter).

5. Folge
Schweres Los
Regie: Franz Josef Gottlieb – *Buch:* Jens Weidemann – *Produzent:* Alfried Nehring – *Produktionsleitung:* Jochen Kather – *Redaktion:* Horst-Christian Tadey – *Kamera:* Jens Jüttner – *Bühnenbild:* Peter Wilde – *Kostüme:* Anneliese Pulst – *Musik:* Sebastian Krummbiegel – *Länge:* ca. 28 Minuten – *Erstsendung:* 5.2.1995 – Eine Produktion der Polyphon für das ZDF.

Darsteller: Wolfgang Stumph (Wolfgang Stankoweit), Hans-Jürgen Schatz (Maximilian Mäßig), Achim Wolff (Rudi Reschke), Gunter Antrak (Klatschbier), Christel Peters (Frau Kaiser), Franziska Troegner (Carmen Hubsch), Angelika Milster (Frau Zander-Albrecht), Ernst-Georg Schwill (Polizist).

6. Folge
Hoher Besuch
Regie: Franz Josef Gottlieb – *Buch:* Gunter Antrak – *Produzent:* Alfried Nehring – *Produktionsleitung:* Jochen Kather – *Redaktion:* Horst-Christian Tadey – *Kamera:* Jens Jüttner – *Bühnenbild:* Peter Wilde – *Kostüme:* Anneliese Pulst – *Musik:* Sebastian Krummbiegel – *Länge:* ca. 28 Minuten – *Erstsendung:* 19.2.1995 – Eine Produktion der Polyphon für das ZDF.
Darsteller: Wolfgang Stumph (Wolfgang Stankoweit), Hans-Jürgen Schatz (Maximilian Mäßig), Achim Wolff (Rudi Reschke), Gunter Antrak (Klatschbier), Christel Peters (Frau Kaiser), Franziska Troegner (Carmen Hubsch), Karin Gregorek (Frau Dr. Schnäblein-Spraffke), Detlef Rothe (Herr Hellmich), Heinz Meller (Hoher Besuch).

4. Staffel

1. Folge
Der Baum vorm Haus
Regie: Franz Josef Gottlieb – *Buch:* Gunter Antrak – *Produzent:* Alfried Nehring – *Produktionsleitung:* Jochen Kather – *Redaktion:* Horst-Christian Tadey – *Kamera:* Frank Tilk – *Bühnenbild:* Peter Wilde – *Kostüme:* Anneliese Pulst – *Musik:* Sebastian Krummbiegel – *Länge:* ca. 28 Minuten – *Erstsendung:*

7.1.1996 – Eine Produktion der Polyphon für das ZDF.
Darsteller: Wolfgang Stumph (Wolfgang Stankoweit), Hans-Jürgen Schatz (Maximilian Mäßig), Achim Wolff (Rudi Reschke), Gunter Antrak (Klatschbier), Christel Peters (Frau Kaiser), Horst Krause (Mann mit Kettensäge), Maybrit Illner (Reporterin).

2. Folge
Unheilige Allianz
Regie: Franz Josef Gottlieb – Buch: Gunter Antrak – Produzent: Alfried Nehring – Produktionsleitung: Jochen Kather – Redaktion: Horst-Christian Tadey – Kamera: Jens Jüttner – Bühnenbild: Peter Wilde – Kostüme: Anneliese Pulst – Musik: Sebastian Krummbiegel – Länge: ca. 28 Minuten – Erstsendung: 14.1.1996 – Eine Produktion der Polyphon für das ZDF.
Darsteller: Wolfgang Stumph (Wolfgang Stankoweit), Hans-Jürgen Schatz (Maximilian Mäßig), Achim Wolff (Rudi Reschke), Gunter Antrak (Klatschbier), Christel Peters (Frau Kaiser), Eddi Arent (Dr. Blubbard), Herbert Feuerstein (Polizist).

3. Folge
Der Ausstand
Regie: Franz Josef Gottlieb – Buch: Inge Ristock – Produzent: Alfried Nehring – Produktionsleitung: Jochen Kather – Redaktion: Horst-Christian Tadey – Kamera: Jens Jüttner – Bühnenbild: Peter Wilde – Kostüme: Anneliese Pulst – Musik: Sebastian Krummbiegel – Länge: ca. 28 Minuten – Erstsendung: 21.1.1996 – Eine Produktion der Polyphon für das ZDF.
Darsteller: Wolfgang Stumph (Wolfgang Stankoweit), Hans-Jürgen Schatz (Maximilian Mäßig), Achim Wolff (Rudi Reschke), Gunter Antrak (Klatschbier), Christel Peters (Frau Kaiser), Franziska Troegner (Carmen Hubsch), Daniel Rosie (Partyservice), Detlef Rothe (Banker).

4. Folge
Der Rubel rollt
Regie: Franz Josef Gottlieb – Buch: Gunter Antrak – Produzent: Alfried Nehring – Produktionsleitung: Jochen Kather – Redaktion: Horst-Christian Tadey – Kamera: Jens Jüttner – Bühnenbild: Peter Wilde – Kostüme: Anneliese Pulst – Musik: Sebastian Krummbiegel – Länge: ca. 28 Minuten – Erstsendung: 28.1.1996 – Eine Produktion der Polyphon für das ZDF.
Darsteller: Wolfgang Stumph (Wolfgang Stankoweit), Hans-Jürgen Schatz (Maximilian Mäßig), Achim Wolff (Rudi Reschke), Gunter Antrak (Klatschbier), Christel Peters (Frau Kaiser), Helen Vita (Mäßigs Schwiegermutter).

5. Folge
Kleines Haus am Wald
Regie: Franz Josef Gottlieb – Buch: Inge Ristock – Produzent: Alfried Nehring – Produktionsleitung: Jochen Kather – Redaktion: Horst-Christian Tadey – Kamera: Jens Jüttner – Bühnenbild: Peter Wilde – Kostüme: Anneliese Pulst – Musik: Sebastian Krummbiegel – Länge: ca. 28 Minuten – Erstsendung: 4.2.1996 – Eine Produktion der Polyphon für das ZDF.
Darsteller: Wolfgang Stumph (Wolfgang Stankoweit), Hans-Jürgen Schatz (Maximilian Mäßig), Achim Wolff (Rudi Reschke), Gunter Antrak (Klatschbier), Christel Peters (Frau Kaiser), Franziska Troegner (Carmen Hubsch), Gerd Kießling (Lafayette), Rita Feldmeier (Fräulein Irmchen).

6. Folge
Rin in die Kartoffeln – raus aus die Kartoffeln

Regie: Franz Josef Gottlieb – *Buch:* Inge Ristock – *Produzent:* Alfried Nehring – *Produktionsleitung:* Jochen Kather – *Redaktion:* Horst-Christian Tadey – *Kamera:* Jens Jüttner – *Bühnenbild:* Peter Wilde – *Kostüme:* Anneliese Pulst – *Musik:* Sebastian Krummbiegel – *Länge:* ca. 28 Minuten – Erstsendung: 11.2.1996 – Eine Produktion der Polyphon für das ZDF.
Darsteller: Wolfgang Stumph (Wolfgang Stankoweit), Hans-Jürgen Schatz (Maximilian Mäßig), Achim Wolff (Rudi Reschke), Gunter Antrak (Klatschbier), Christel Peters (Frau Kaiser), Franziska Troegner (Carmen Hubsch), Günter Böhnke (Penner), Michael Nitzel (Sachverständiger), Corinna Landgraf (Marlene).

Salto Kommunale

1. Folge
Der neue Job

Regie: Franz Josef Gottlieb – *Buch:* Inge Ristock – *Produzent:* Alfried Nehring – *Produktionsleitung:* Jochen Kather – *Redaktion:* Horst-Christian Tadey – *Kamera:* Frank Tilk – *Bühnenbild:* Adrienne Zeidler-Benesch – *Kostüme:* Anna Kampmann – *Musik:* Detlef Rothe – *Länge:* ca. 28 Minuten – Erstsendung: 11.1.1998 – Eine Produktion der Polyphon für das ZDF.
Darsteller: Wolfgang Stumph (Wolfgang Stankoweit), Angelika Milster (Bürgermeisterin Ingrid Schikaneder), Achim Wolff (ABM-Kraft Rudi Reschke), Harald Effenberg (René Kowalski, Sprecher div. Bürgerinitiativen), Hans-Jürgen Schatz (Maximilian Mäßig), Andrea Meissner (Frau Kowalski).

2. Folge
Sauber bleiben

Regie: Franz Josef Gottlieb – *Buch:* Jens Weidemann – *Produzent:* Alfried Nehring – *Produktionsleitung:* Jochen Kather – *Redaktion:* Horst-Christian Tadey – *Kamera:* Frank Tilk – *Bühnenbild:* Adrienne Zeidler-Benesch – *Kostüme:* Anna Kampmann – *Musik:* Detlef Rothe – *Länge:* ca. 28 Minuten – Erstsendung: 18.1.1998 – Eine Produktion der Polyphon für das ZDF.
Darsteller: Wolfgang Stumph (Wolfgang Stankoweit), Angelika Milster (Bürgermeisterin Ingrid Schikaneder), Achim Wolff (ABM-Kraft Rudi Reschke), Harald Effenberg (René Kowalski, Sprecher div. Bürgerinitiativen), Holger Handtke (Polizist Böckmann), Theresa Scholze (Jaqueline, Reschkes Tochter), Detlef Rothe (Schornsteinfeger Plethi).

3. Folge
Kristallpaläste

Regie: Franz Josef Gottlieb – *Buch:* Inge Ristock – *Produzent:* Alfried Nehring – *Produktionsleitung:* Jochen Kather – *Redaktion:* Horst-Christian Tadey – *Kamera:* Frank Tilk – *Bühnenbild:* Adrienne Zeidler-Benesch – *Kostüme:* Anna Kampmann – *Musik:* Detlef Rothe – *Länge:* ca. 28 Minuten – Erstsendung: 25.1.1998 – Eine Produktion der Polyphon für das ZDF.
Darsteller: Wolfgang Stumph (Wolfgang

Stankoweit), Angelika Milster (Bürgermeisterin Ingrid Schikaneder), Achim Wolff (ABM-Kraft Rudi Reschke), Harald Effenberg (René Kowalski, Sprecher div. Bürgerinitiativen), Theresa Scholze (Jaqueline, Reschkes Tochter), Andrea Brix (Frau Zische), Jockel Tschiersch (Glasermeister Pritscho).

4. Folge
Der letzte Tango von Niederbörnicke
Regie: Franz Josef Gottlieb – Buch: Jens Weidemann – Produzent: Alfried Nehring – Produktionsleitung: Jochen Kather – Redaktion: Horst-Christian Tadey – Kamera: Frank Tilk – Bühnenbild: Adrienne Zeidler-Benesch – Kostüme: Anna Kampmann – Musik: Detlef Rothe – Länge: ca. 28 Minuten – Erstsendung: 1.2.1998 – Eine Produktion der Polyphon für das ZDF.
Darsteller: Wolfgang Stumph (Wolfgang Stankoweit), Angelika Milster (Bürgermeisterin Ingrid Schikaneder), Achim Wolff (ABM-Kraft Rudi Reschke), Harald Effenberg (René Kowalski, Sprecher div. Bürgerinitiativen), Gerd Kießling (Señor Alfonso).

5. Folge
Schwarzarbeit
Regie: Franz Josef Gottlieb – Buch: Gunter Antrak – Produzent: Alfried Nehring – Produktionsleitung: Jochen Kather – Redaktion: Horst-Christian Tadey – Kamera: Frank Tilk – Bühnenbild: Adrienne Zeidler-Benesch – Kostüme: Anna Kampmann – Musik: Detlef Rothe – Länge: ca. 28 Minuten – Erstsendung: 8.2.1998 – Eine Produktion der Polyphon für das ZDF.
Darsteller: Wolfgang Stumph (Wolfgang Stankoweit), Angelika Milster (Bürgermeisterin Ingrid Schikaneder), Achim Wolff (ABM-Kraft Rudi Reschke), Harald Effenberg (René Kowalski, Sprecher div. Bürgerinitiativen), Andrea Meissner (Frau Kowalski), Rita Feldmeier (Frau Kleinschmidt), Günter Junghans (Fleischermeister Rostmann).

6. Folge
Stankoweit probt den Aufstand
Regie: Franz Josef Gottlieb – Buch: Inge Ristock – Produzent: Alfried Nehring – Produktionsleitung: Jochen Kather – Redaktion: Horst-Christian Tadey – Kamera: Frank Tilk – Bühnenbild: Adrienne Zeidler-Benesch – Kostüme: Anna Kampmann – Musik: Detlef Rothe – Länge: ca. 28 Minuten – Erstsendung: 15.2.1998 – Eine Produktion der Polyphon für das ZDF.
Darsteller: Wolfgang Stumph (Wolfgang Stankoweit), Angelika Milster (Bürgermeisterin Ingrid Schikaneder), Achim Wolff (ABM-Kraft Rudi Reschke), Harald Effenberg (René Kowalski, Sprecher div. Bürgerinitiativen), Andrea Meissner (Frau Kowalski), Christel Peters (Frau Kaiser), Edgar Külow (Tiefbauunternehmer Klemke).

Autorinnen/Autoren

Gunter Antrak, geb. 1941 in Dresden. Diplomingenieur. Begann 1975 mit dem Schreiben, zunächst Krimis und Kabarett. Seit jener Zeit kennt er Wolfgang Stumph und verfaßt für ihn Texte für Kabarett und Fernsehen. 1991 gründete er gemeinsam mit Wolfgang Stumph das Kabarett »ANTRAK auf STUMPHsinn«. Drehbuch- und Sketchautor für »Salto Postale/Kommunale«. Lebt in Dresden.

Axel Beyer, geb. 1950 in Hamburg. Studierte Erziehungswissenschaften. Danach 13 Jahre am Theater, seit 1983 beim Fernsehen. Heute Leiter der Hauptredaktion Show beim ZDF. Lebt in Köln.

Karin Großmann, geb. 1954 in Karl-Marx-Stadt. Gelernte Journalistin, jetzt Chefreporterin der »Sächsischen Zeitung«. Lebt in Dresden.

Ingelore König, geb. 1960 in Görlitz. Studierte Philosophie in Berlin. Schlägt sich freiberuflich als Autorin und Redakteurin durch, vor allem zum guten, zum schlechten, zum wertvollen, zum ... Kinder- und Jugendfilm und zum besonders beliebten Thema Medienpädagogik. Verschiedene Zeitschriften- und Buchpublikationen, u.a. »Zwischen Bluejeans und Blauhemden – Jugendfilm in Ost und West« und »Zwischen Marx und Muck – DEFA-Filme für Kinder«. Lebt in Berlin, mit Kind und Kegel – und ohne Haustier.

Alfried Nehring, geb. 1939 in Rostock. Studierte Latein, Germanistik, Theaterwissenschaft in Rostock und Berlin. 1972–1990 Chefdramaturg für Weltliteratur und Theater beim Deutschen Fernsehfunk. Dramaturg verschiedener Fernsehfilme. Seit 1992 Producer bei der POLYPHON Film- und Fernsehgesellschaft mbH. Produzierte mit Wolfgang Stumph sämtliche »Salto Postale«- und »Salto Kommunale«-Folgen sowie die bisher elf ZDF-Stumph-Stubbe-Krimis »Von Fall zu Fall«. Lebt in Berlin.

Inge Ristock, stammt aus Kötzschen bei Merseburg bei Halle. Machte ein nur mäßiges Abitur, da sie aufgrund mannigfaltiger Interessen wenig Zeit für Schulaufgaben hatte. Studierte Ökonomie und konnte nur mäßige Ergebnisse vorweisen – Gründe siehe oben. Studierte dann Dramaturgie an der Filmhochschule in Babelsberg. Wollte danach die ganze große Kunst machen, es kam aber nur Kabarett heraus. Bekannte sich schließlich zu sich selber und schreibt seit den 70er Jahren freischaffend hauptsächlich Kabarett-Texte. Seit 1990 Hausautorin bei der Berliner »Distel« mit regelmäßigem Fremdgang bei »Salto Postale« und »Salto Kommunale«. »Es ist eine feine Sache, alle Bosheiten, die man so in sich hat gegen Politiker und unliebsame Zeitgenossen, wovon man ja selber einer ist, aus sich herauszuschreiben. Was dann noch von einem übrig bleibt, ist die blanke Sahne.« − Findet sie jedenfalls.

Jens Weidemann, geb. 1959 in Travemünde. Studierte Soziologie und Psychologie in Kiel. Danach einige Jahre wissenschaftlicher Mitarbeiter an der Universität Kiel. Freier Autor seit 1991 − Schwerpunkte: Satire und Humor. Zahlreiche Buchpublikationen und Zeitschriftenbeiträge; Sketche und Sitcom fürs Fernsehen. Lebt in Lübeck, verheiratet, zwei Katzen.

Fotonachweis:

sämtliche Abbildungen: POLYPHON Film- und Fernsehgesellschaft mbH, Jenfelder Allee 80, 22039 Hamburg

Redaktionsschluß: 15. Januar 1998

Dank

Wir bedanken uns ganz herzlich bei Herrn Dr. Jürgen Bretschneider für die Initiative zur Entstehung des Buches »Doppelter Salto« und seine kreative Beratung bei dessen Erarbeitung.

Wolfgang Stumph, Alfried Nehring, Polyphon